Testing-
Testing-
Testing-

OK沒?.....

catch 076 西雅圖妙記
My Life in Seattle
作者：張妙如

責任編輯：韓秀玫
美術編輯：何萍萍

法律顧問：全理法律事務所董安丹律師
出版者：大塊文化出版股份有限公司
台北市105南京東路四段25號11樓
www.locuspublishing.com
讀者服務專線：0800-006689
TEL：(02) 87123898　FAX：(02) 87123897
郵撥帳號：18955675　戶名：大塊文化出版股份有限公司
總經銷：大和書報圖書股份有限公司　地址：台北縣五股工業區五工五路2號
TEL：(02) 8990-2588 (代表號)　FAX：(02) 2290-1658
初版一刷：2004年8月　初版五刷：2008年6月
定價：新台幣280 元
ISBN986-7600-67-3
Printed in Taiwan

MY LIFE IN SEATTLE.
MIAO-JU CHANG

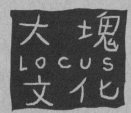

西雅圖妙記。張妙如。

大塊 LOCUS 文化

隔了好久，終於又有我個人的書要出版了。

　這一切，都是西雅圖的錯！哈哈……胡說的，我自己的錯啦！我實在不夠勤快，尤其從搬來西雅圖後。開始是応付吵架、然後是適應氣候，適調自己的心理狀態，現在，三年多了，我不能再找籍口了。不是接受它、就是離開它。

我接受自己在這裡定居。

还有什麼想說的是，自我來美後，突然新增了一批海外讀者——大家都是「外籍新娘」(希望別介意我用這个詞喔!)，所以備感親切，也常有交流。因此，我要說的是，我在這裡的一切，我寫的文章，不代表任何人立場，也不代表是客観事實，最多，就是我自己的感受和体驗而已。所以，我希望台灣的讀者也能了解這桌。我頂多寫歷史武俠小說，不寫歷史的！

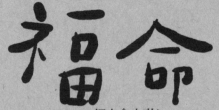

↑看，我總是愛乱用一些乱七八糟的詞！

嗅! 我会嗎!?

最後，祝大家無論生活在哪兒，都——

福命
↑福大命大啦!

MIAO 2004/6月
于西雅圖 亂紙楼
↑
可見趕稿之慘烈……
↑
什玄東西啊?……
乱七八糟……

歡迎來找我 在www.miaoju.com

目錄

✕ 感謝您對本目錄的愛用，惟，山上都是參考用的，本書沒有目錄。

玫瑰糠疹

前一陣子，一向都不曾有什麼過敏症狀的我，突然皮膚開始長出疹子，而且癢起來。

雖然醫生說玫瑰糠疹的獲得是沒有原因的。

但我始終很懷疑…

我在身體開始發癢前做了三件事尤其誤我懷疑。

一是我在二手衣店試穿了一件家居褲。

二是我去小小地打掃了大王的船，當日看到很多小蜘蛛之類的東西。

三是為了不浪費食物，我煮並吃了放在冷凍庫裡半年以上的蝦仁，雖然沒有拉肚子…

剛開始還只是一兩個紅疹，我以為過幾天就會退了，就沒事了。不料，几天過後它不但沒退去，还愈長愈多，且愈來愈癢！

也不知道為什麼，我並不覺得有必要去看醫生，我以為大概是因為皮膚太乾，

所以才有這种症狀。於是到藥房買了乳液(專門對付乾燥發癢的皮膚),因為症狀比普通癢更癢許多,我还買了「曼秀蕾敦」,甚至还找到萬金油！至此,開始日也塗,夜也抹,癢到不行時还不管三七二十一,把三种東西全都抹上！

好癢好癢!!!
我快瘋了!!
怎麼会這樣
!?

ZZZ

加班的雙手.

根本無法入睡,雖然我很累……

除了身体倍受折磨,我也因睡不著(太癢了,尤其睡覺時更是超級加倍癢)心理也飽受憂愁,尤其,当我從鏡子中看到自己整个背和整个身体(除手臂雙腿.臉.脖子這种外露之処没有外)都長滿紅疹,一付糜爛狀時,

玫瑰糠疹很賤的是,它不外露.舉凡身體看的見的部位它都不長,只長在衣服遮得到的地方.所以,當時真的沒人知道我有多麼痛苦,因爲外表看來我好得不能再好.

我終於要求要去看醫生了,因為,
再不解決我的癢我的精神就
会崩潰了!(雖然因疹子無外露,外表
　　　　　　　都看不出来!)

這是 pityriasis

各位!!
別說
是英文了,就
算当時医
生用中文說
玫瑰糠疹
頭　我也是聽都沒聽过!

一呆一

......

連挪威
人也不知
道......

我從到尾如在五里霧中,还放抽了
血,雖然醫生說這並不是什麼危險
的病,也不具伝染性...
直到回到家,上網查才知道是玫瑰
糠疹,也才知道醫生抽血是因為它
和某种性病会長的疹子很相似,所
以才抽血驗,以防萬一。

複診:

没性病
安心吧!

報告

很高兴是很
高兴...但可
不可以開
給我止
癢的藥
上次竟什麼
都沒給我....

加班过度.

还好
沒

這裡提到的某种性
病是什麼呢?
答案是:梅毒。

所以我其实当時非常
緊張。当然囉,如果我
得了梅毒,唯一可能得
到的途径是來自阿烈
得,而且,那还表示他
对我不忠。

老娘。

如果害我
得梅毒,你
皮就給我抽
緊一点!!

不知他這安心有
没有特別意思?

最專業的雇主

我們家的清潔婦人不壞,不過就事論事,我不是很喜歡她的工作態度.

她每次來,除非阿烈得在家她才會仔細掃,如果只有我在家,或甚至我不在家,她就超級偷工減料.她幫阿烈得掃很久了,所以她知道她在我們家的工作很穩定,她也查覺我這人很隨便,從來沒有要求過她什麼.

不過,她不知道我這個人,其實是希望別人對自己有所要求的,而不是被動讓人去要求她.

對我來說,做什麼工作都不要緊,但是如果你敬業愛業,你會設法做得很好,讓別人認同你是個很棒的人,而不只是很棒的清潔工而已.

我仍然不會說什麼,也不會向阿烈得打小報告,我只希望她過得不錯,甚至有一天會對自己的一切感到驕傲.

在西雅圖也住了近兩年了,家人最怕我把髒亂癖帶出國參加比賽,所以每當我說「我們有請人打掃」,大家就會露出「喔!原來如此」的欣慰笑容.

就像台灣很多人有僱外籍女佣一樣,在這裡請人來打掃家裡也不是一件多特別的事,只是這裡的清潔工顯然比台灣的外佣好命許多:

No windows, No blinds, No oven......
不清窗和窗簾,烤箱...
不清這也不清那....

一次要價七十五美金,不到一小時就掃完走人了,害我曾經有一度想以清潔工在美國開創事業第二春!

安心做我的創作？說得好聽！真的，
只是說說而已……

我一直以為大概是我英文不夠好，所以
不懂我老公在說什麼，結果，再三確認後的
證明我的英文~~媽媽~~可以得五燈獎。

為了怕被外人恥笑,我們竟得在清潔婦來的前一天先行打掃,以免房子看起來過度髒亂!這种「國民常識」我真是聽都沒聽過!!!

等一下!!
不要全部收進去!留下一兩个看起來比較自然!!

我輸了。

↑
洗碗机。

愛面子还得做得「自然」才是上選,我真的覺得我們真是有夠「專業」的白痴雇主了……難怪清潔婦掃我們的房子不到一个小時就掃好了,那是当然的,我們都替她去蕪存菁」了!

這樣也很好你說是吧?至少我們每个星期的這一天都会被強迫讓房子清潔……

展示用的凌亂!
……

我現在已經習慣成自然

隨時都在做去蕪存菁的工作
……

鳥窗恩仇錄。

我們家最近出現一隻攻擊窗戶的鳥！
而且只攻擊同一个窗戶。

這扇窗...
和

這隻鳥...

因為該窗戶是死的，無法打開，所以我們也沒辦法打開看牠是否要進來？我們倒不是擔心牠把窗戶撞破，而是擔心牠會死於意外，一年前，有一隻鳥以為我們另一片大窗是可穿過的，結果撞死了。

所以,我們也非常擔心這隻攻擊窗戶的鳥!只是,不論我們怎樣嚇走牠,牠總是隔一陣子又來攻擊一次!

那鳥今年沒再來,和青春一樣。

就這樣,那个窗戶旁擺了越來越多的東西,竟沒有一樣阻止得了牠攻擊的決心,而且連續好多天了!牠每天必來報到!我只好從另一扇可打開的窗丢一些食物餵牠!

还是没用……

可想而知……牠倒底想怎樣啊??

不愧是鳥為食亡,小鳥看到食物立刻就飛过去,安々靜々地吃起來了。

我以為終於找到解決方法,不料,小鳥吃

喂!牠也踢累了吧?吃点東西吧?

了一会兒,養足了精力,竟又更活力十足地戰起那扇窗!

精气神十足!!

厚!!体力倍增!

石並

不管了,你和那扇窗的恩怨,你們自己去了吧!

常常裝少女.

置 身 聯 合 國

我的英文能力一直到現在都還不是很好，
如果要問我會不會覺得氣餒或灰心，我覺得
這个問題非常遙遠。
阿烈得雖不是鬼意，實際上我卻覺得自己好
像是在一个聯合國的環境裡。

子孩們其實是美國人，因為出生在美國，孩子們
的母親是个荷蘭人，所以要見小孩子得去荷蘭。

連父親本人都不會說荷蘭語了，我当然对這件事沒有罪惡感，連英文都还不是很佳的我，当然荷蘭語是想都沒想过要学。

這处境換到挪威也差不多，我們如果回挪威，面对他們親朋好友說挪威語，我也完全是有聽沒有懂。

其实还挺輕鬆的，提供微笑就好了……

對，我的心態就是這樣，因為反正覺得自己不太会進退應對（在台灣就已經是這樣，我沒惡意，不过就是不太会和長輩相处。），不会挪威語对我來說，不但不是負擔，反而还像救命仙丹，我只要面露和靄的笑容就好了，多簡單！婆媳要衝突，離我太遙遠。

当然，這当中我覺得最好笑的是，阿烈得竟娶了我這个連英文都不是很佳的台灣人，与其說我覺得自己的語言問題大，我会覺得他的更大！

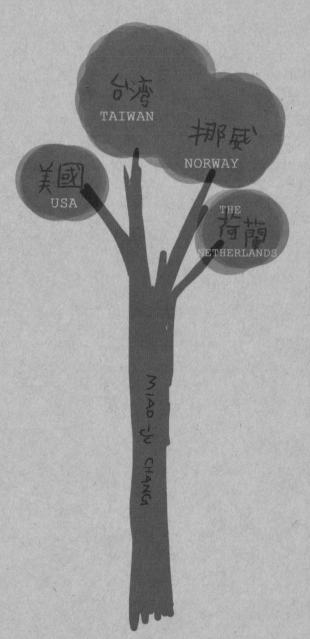

台灣 TAIWAN

挪威 NORWAY

美國 USA

THE 荷蘭 NETHERLANDS

MIAO JU CHANG

所以,我對自己的語言處境其實一直也不覺得悲哀,雖然我當然是覺得把語言學好是一件很好的事,但真的沒有到達有壓力而氣餒的境界。尤其,每當直美國人喊我老公的名字時,我甚至會覺得自己還蠻讚的!

十个人至少有五种不同的發音,他的姓还真的十个人中少有一人發得出來,我因為也有同樣困境,所以十分了解人家是在喊他。

在美國冠夫姓是一件很普遍的事,尤其我個人覺得冠夫姓最大的方便是---你似乎不需要額外的文件來證明你的夫妻關係.這對美國人來說可能差別不大,不過對移民來此的人就有許多方便之處.

我至今沒冠夫姓,並不是我大女人,也不是我非要維持我家族的姓氏不可,說來原因還有點爆笑,因為阿烈得的姓在美國吃了很多苦頭,每次別人都不會唸或不會拼,偏偏他的姓又很長一串,要拼給別人,連他都覺得實在太耗時,太不便了.因此我保留了我的姓,每次要做預約定位,他就用我的姓來報,又簡單又省事.

老公不在時。

這週末阿烈得又要去荷蘭看小孩了，本來我也要一起去的，奈何在美國的荷蘭領事館竟說辦簽證需要「几星期」到「几个月」之久！

謝々再聯絡！

也不知我記恨能力太差还是怎樣，這樣一想，也才想起去年春天，我也是因為同樣問題而獨自留在西雅图家中，唯一去成的一次則是在挪威領事館辦的簽證，只花了二、三天就拿到簽證了！但這次因為只有要去荷蘭，無法在挪威領事館辦。

我已經忘記荷蘭人有多多龜毛，卻没忘記一个人在家的恐怖情景！首先，在太陽下山之前，我一定得回到家（如果有外出的話），並且迅速一樓到三樓門窗全部鎖好，然後拉下所有的百葉窗！

這樣就不会被窗外樹影森森給嚇衰到了！

＊ 除了簽證外，在美國拍大頭照也是痛苦的事——永遠被拍得很醜。而且他們才没那閒功夫聲你修片呢！比起專業相館我还更喜欢駕照处拍的，起碼那照片还看不到毛孔！（也許是因為相机較差，但 WHO CARES！不要拍得太醜才是重点！）

再下來又是另一番準備功夫，我把所有可能需要用到的東西全部搬到阿烈得的小辦公室，棉被.枕頭.煮水器.電視机.手電筒.蠟燭（防停電的双重保險），棍子一根（防壞人?）…等。至於，為什麼要馬主進阿烈得辦公室呢? 因為這裡離大門最近，聽得到外面動靜，有電話有網路，離二樓出口及底層樓出口的木樓梯也最近，進可攻.退可守!

就素這一間
↓

大門就在旁。

睡時还要抵著門!

有声音!

这是椅子。

棍子。

电视不能太大声以免聽不到外面声响。

↑
拍照時很凌亂，請多包涵!
（实在不想為了一張照片清理大王的空間創作!）

家裡那麼大，妳竟將自己關在最小的房間裡!! 怕得也太过份了吧?

我怕得太过份? 各位! 如果你家週圍都是樹, 放目艮看不到半个鄰居人家, 又置身於美國這个常有人(土襄人)企図闖入別人家的國家, 又只有你孤單一个弱女子在家, 你会不擔心才怪!

我又不是通獸語的公主, 松鼠小鳥和蟲才不会來幫我…

而且
我家狀況特殊呀! 就算我在家大吼大叫恐怖也沒人聽得見!

好吧! 我承認我膽小, 可是有備無患也算是个好習慣吧:

喂!

不要修那小匣門啦! 我故意把它裝得坐坐作响的! 這樣有人從這裡闖入我才聽得見!

妳也「備得太多了吧…」?

我一点也不在乎当老公不在家時, 我不自己像別的老婆一樣享受難得的自由生活, 我唯一希望的只是, 但願這次的「閉居練功」, 天氣不要太熱才好……

＊ 常常, 可以在外國影片看到, 当一个壞人要侵入別人家時, 是多麼容易, 只要拿塊石頭(或赤手也可, 不怕痛的話), 把玻璃打破, 就可以開門進去了。
你以為那只是电影才看得到? 不, 我家的門就是那樣, 而且據我觀察, 很多人家也是差不了多少。
相較於台灣户户必裝鉄門、鉄窗, 实在不知道是誰聰明些?

＊ 当然, 空間也是一个該考慮的要素。

有在画図或做設計、編排的都知道, 空間也可以是种阻隔。
國外地大, 光走入別人的院子就已有入侵的感覺了。
也許, 台灣因為地小人多吧! 沒有空間可做阻隔, 只好直接裝鉄門…

美国時間。

我家的庭園已經變成一个叢林了......

各位！

以人為我不想寫些国外面的事，而老是繞著自己的家裡轉嗎？我想死了！！可是我没那个美國時間啊！！

我不知道這裡的美國人究竟是怎麼過日子的？扣除掉工作及睡覺時數，

要做的事竟然那麼多！忙到連庭院也没空整理，蘇莉和藤蔓都已經爬得看不到地面了，还爬到樹上去！而我們又不是没剪过！我真不知該怎麼去処理了！

※讓我由高処為您解説：
紅線範圍内基本上都是我們的庭院範圍。雖然它是坡地非平地。

請不要以為它本來就長這樣，不是的！原本它是規劃成像梯田那樣一階一階的（小紅圈内隱約可見下一階的花園），並且，它原本兩旁还各有一條三尺寬走道，現在完全被藤蔓埋葬了！說它是叢林實不為过。

嘿！我們來種些青菜、馬鈴薯、胡蘿蔔之類頁的如何？

公子爺登場

☆閃 ☆閃

良心何在呵阿...你...≋種菜！？≋

这是馬尾不是雨条！！

你不但不解決我們的問題还想我去当農婦！？

米哥吸乾

不是我要自怨自哀，我們家公子爺愛創作，他煮飯我要負責將「鍋叼水」剷平，他建池塘，我要每隔一陣子去換水，他建屋外甲板，我要負責清理庭院……

本圖：階梯的迎緣雖是木頭所圍的，但階梯面其實是地磚石切的，現在看來卻像土鋪的！还有，每次風大後，樹幹樹枝撿不完（芒圍內）。

吸了一小時才吸完前院……再一小時吸後院，还要另一小時澆水

這種生活，我不知道別人是怎麼有空去度假的？怎麼有空去陪孩子和孩子玩？怎麼有空在 Mall 閒逛？

我常常告訴我的經紀人，假日時不要來吵我，不要跟我談公事，我相信在台灣的他一定覺得我在美國過著幸福快樂的公主生活吧！事實上是：

有事星期一再說啦！假日我不談公事！

← 我家是山坡地，沒法用機器割草!!

← 顫抖嗯泣.

相距甚遠

有事星期一再說啦！假日我不談公事！

這种畫面只有夢裡見...

別以為放任它不管就行了，我也很想，我最會眼不見為淨了！可是......

鄰居留的紙條...我們沒那麼誇張吧...

你好，我是你的鄰居，為了維持這个社区整潔，希望你別介意我們提醒你將自家環境做適当的整理...
-------吧叭吧啦...

※ 基本上，不是我在說，我和大王几乎週六週日必会去 HOME DEPOT 報到，不是買工具就是木料。
大型DIY材料.工具行。
花草.泥土等，規律得如上教堂。
中共一臭,「有夠累」。

such is my life in Seattle..

第一場美國職棒。

*
對了,
這一篇的背景是:
剛送走去荷蘭的
阿烈得.

*我好像從來都沒
　著迷過任何球類運
　動。會看得懂棒球也
　是因為我老弟曾經
　打了好一陣子棒球;
　會看得懂籃球也是
　因為個子矮的姊
　姊曾著迷了好一陣
　子瓊絲盃籃賽,我
　都只是跟著看...

　看球賽的最基本是,
　你要知道規則,不
　然,人家在激動什麼,
　緊張什麼,你也無法
　理解。

在台灣的人都為陳金鋒加油、興奮之際,我
終於也有了生平第一場美國職棒!

上週末,体貼的友人VIVIAN約我一起去西雅図
的棒球場(現場看)比賽,本來才從机場開車
迷路回來的我,几乎要取消這項建議:

嗯!今天能不能
改單純吃飯!我
好累,而且門鎖
还没裝好...

可是我已和
同事買了票了....
...不过也沒關係,
反正要不貴...

↑
实在是善良之友人阿!
為此我也羞愧了起來,
最後決定还是不要浪
費錢,就算只有15元美
金......

於是VIVIAN傍晚便開車來接我,我們先在中
國城吃了晚飯,走路去棒球場。

今天是哪
一隊和西
雅図隊打?

白痴。

↖
水手隊

支加哥白襪隊

西己件:棒球帽。

結果一到了棒球場，我簡直像被澆上火的油，立刻被那超棒的臨場感所感動了!

我一開始完全被現場的狀況給驚豔住了，等回神過來，西雅圖水手隊竟在頭二局就輸了七分!

到了第六局西雅圖还是掛零時

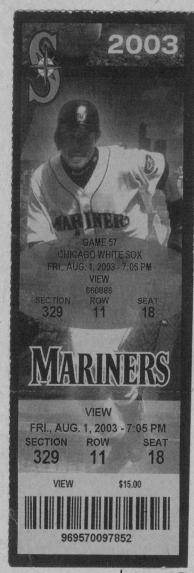

※保留至今的当天那張票!

我們去拿免費T恤時，剛好錯过。

其實，因為這是我生平第一次看現場棒賽，我興奮的心情遠比VIVIAN想像的多更多，尤其是球員出場的個人音樂配音，這在電視上根本就未曾聽過，有趣極了，還有現場整个臨場感，那簡直是筆墨難以形容！電視實況轉播都表現不出了，更何況是我用文字及图画呢！

也許是VIVAN暗々強烈祈祷，西雅图隊最終真的得了一分了！雖然真是輸得奇慘……

※ 其實也不見得是我難搞，不過，以我的狀況要申請一張信用卡在台灣就不見得很容易（因為本人大多時候是被歸類在「無固定收入」），当然在美國就更難。我在這裡也沒有信用記錄，一般銀行是不会發卡給我的，我又何必自討沒趣！

※ VIVIAN真是美食搜尋者，托她的福，我吃了不少好吃的，便宜又大碗的，所以，我蠻喜欢和她去吃飯。
我的意思是，只能二選一的話，球賽可以不看，她說不錯的餐廳不可不試！

紙娃娃來訪。

記得小時候曾有一段時期很愛玩紙娃娃，只是很可惜地，紙娃娃買來，玩了一个下午就得告別——

這種東西不可以留著喔！不然晚上她會來找妳喲！撕掉吧！

真的嗎？

別捨不得！走到樓下去！！ ← 從小就學喪敗家大法。

就這樣，不管買到多漂亮的紙娃娃，最後總免不了告別的命運。後來，我就漸漸忘了這回事了。

我剛來西雅圖的第一年住公寓的時期，也發生了不少事，最常遇到的是打電話來找前房客的，或收到一大堆不是寄給我的信。通常，反正我閒著也是閒著，都會幫郵差過濾信件，像那種廣告信件我自己看完就會丟掉，一些看起來比較認真的信件，我當然連拆也不敢拆，就會放回信箱讓郵差退回去。

我还蛮喜欢美国的郵政服務的。其一是，当你從A処搬至B処，你可以去郵局填寫一張「轉信」服務的表格，如此一來，以後投寄到A処的信会自動幫你再轉投去你新家。

其二是，当你預計離家一段時間（例如出差、出國），你亦可去郵局或郵政網站填表，請他們先暫停遞送你的郵件直到你指定的日期。之後，你可指定自行去郵局領所有信件，也可以直接在某天由郵差一次全部送來。

好了！

今天又做了一件善事！

要退回的。

無聊的廣告郵件等……

太粗這是犯法了吧!? ……

有一天，我拆了一封「很可疑」的信件，因為信封上的字跡歪歪扭扭的，很像小朋友的字，加上信封封得並不優，所以我忍不住拆開了，一拆開卻嚇了一跳，裡面赫然掉出一个「發育不好」的紙娃娃來！

↓
手繪的。

這該不会是誰做的小紙人要詛咒誰吧?……

还是我乱拆人家信的報應?……

結果裡面还有一封信，信中意思是說，他是來自××学校的小朋友，他們有一个活动，每个人完成一个「flat」的娃娃，將娃娃寄到各地去生活体驗一个星期，其間欢迎收信者帶它四処去，並記錄下過程，也可与它一起拍照，最後一星期後，再將娃娃連同記錄及收信人的基本介紹等物，寄回給娃娃原主。

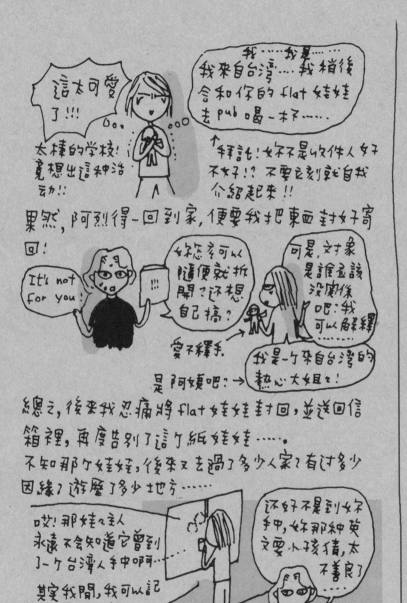

和郵局無關,但我很喜欢的是,有一些机構(大多是慈善団体)会寄一些貼紙來希望你隨意捐錢援助(不捐也可以)。

但,什麼樣的貼紙呢?

那是印有你姓名及住址的貼紙,所以当你要寄信時,你直接撕下一張貼於寄件人処就可,很方便,在美國,你經常可以收到這樣的貼紙,尤其如果你是个屋主或你有捐款記錄。

E·R·

阿烈得平常看似壯漢一个, 卻常常生小病, 例如感冒、頭疼等, 所以久而久之我也不將這种狀況放在心上。

上星期阿烈得突然又説喉嚨痛, 在家睡了一天。

喂一

我上次喉嚨痛時發現 綁一條圍巾在脖子上睡覺, 很快就好了, 要不要試之?

好……

↑
那是冬天好不好!? 現在可是大夏天吧!

就這樣, 半夜裡睡的阿烈得, 竟然圍著一條圍巾乖乖地睡覺, 那景像真是令人忍不住背著他偷笑。

好像真有效的吧…我覺得好多了…

还日是毛線的。

那就好

可是, 隔天他竟嚴重到几乎無法説話! 此時連我也嚇到了, 趕忙載他去看病。

我們先去一家類似診所的地方, 那裡的醫生竟然説:

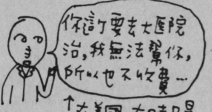

你這ケ要去大医院治，我無法幫你，所以也不收費…

↑在美國，有時只是向医生間單說-說都要收費（従保險付）。

好…

聽起來好嚴重啊—

←圍巾·

於是我又載阿烈得到附近一家医院，有衝急診處。

←EMERGENCY

由那摸嚴中ㄦ？

今天是星期日，而且剛才那医生竟不看你…

所以，还是看急診吧！

看似勇猛的我，一到医院就全被打敗了，不但没能幫說話有困難的阿烈得回答姓名.住址這种基本資料，連我自己的手机号碼我都不記得……

wife's cellphone number?

四兒無……

我最擔心的狀況竟然這麼快就遇上……

……

後來醫生來看阿烈得，立刻吊了二瓶不同的點滴，也抽了血並採集了一些嚨喉內的黏液…，我靜靜地坐在病床旁 陪著昏睡的阿烈得…

點滴裡面有空氣！！！而且就要進入阿烈得体內了！！！

一直都以為空氣打入血管裡會死人…。

我4荒々張々地按了緊急鈴，在任何人出現以前，空氣已經消失於点滴管中了……

Air…. It's gone

你… 你觉得怎樣…？没問題吧…？

没系吧…？

不祥的女人：

我很抱歉

張妙如 3x才，本鎮：一年內刻死二ヶ男人……

結果？没事。阿烈得現在已經好多了，不，应該說当天就好多了，回家時还為我開車的技術和哦吵了一架，最後他搶过方向盤載我們回家。

這篇稿子在蕃薯藤網站登出後，我也在自己網站留言板上和讀者討論「空氣進入血管的疑慮。
幸賴一ヶ「從事專業」的讀者解答了我多年的困惑————少量氣泡还不至於死人。看來，一知半解有時真的比無知更糟糕…(嘆)

倉庫。

在美國也住了好一陣子了,有一件事我實在覺得很有趣,在這裡,你經常可以見到「storage」(倉庫出租)可別以為這是出租給公司或工廠的,這是出租給一般人的,一整層規劃成數十個大大小小的房間(空間),你可以租用一小間,堆放你的雜物。

美國人的東西怎麼這麼多呀?他們的房子都已經很大了,不是嗎?

我們歐洲也不太有這個玩意兒,不過這不是很方便嗎?

別以為這种出租倉庫和我這個善用空間的台灣人無緣,事情上,緣可厚了!竟長達一年半!!

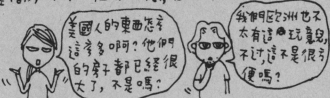

在我來美國以前,阿烈得正在賣他和他以的舊房子,所以我們住到公寓,他將他的東西全堆到storage,那就是惡夢的開始

雪勒什麼糟糕的太太

後來我們有了自己的房子,空空蕩蕩。我三番兩次地催阿烈得去把storage的東西運回來,但阿烈得一下子車子壞不住,一下子頭腦不佳,一下子手軟腿疼,要不然就是「車子不夠大」……

※ 没路用資訊:
最近看到我家這附近的倉庫出租招牌,竟然租金筆一个月才1元而已,实在很便宜…。

好几次我都想自己開一趟車,將東西一次全部扮上去載回來(既然我弟弟會,我也可学着当大衛魔術師的另一个弟子!),唯一的問題是,storage 都有些嚇人,一整層一間一間無人煙的房間,一條一條的走道,看起來和大型停屍間差不了多少……

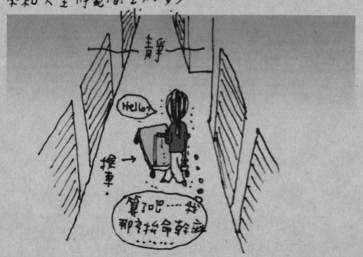

※ 上次回台,我又請大衛的得意弟子(我弟)幫我從關渡搬一些東西回娘家及阿輝那裡。再一次地證明,我弟真是空間魔術師,我為他的「近真空」技術再次激賞!

※ 然後我也覚悟,「擁有」实在是極大的負擔,我一定要精簡自己的生活需要。

没錯,反正租錢不是我在付的,東西也不是我的,阿烈得想放多久就放多久吧!我不必那麼拚命!我又要做个您聞不嗅吔的太太就好了……

所以,這一年半來,阿烈得这个老顧客,只想起他的廢物ミ次,每一次都拿几个輪胎或几箱舊物回家,從來沒有一次軒裝到滿。

上星期六,连拿了一把椅子,二包汽車零件後,終於清空倉庫並退租,阿烈得結束一年半老顧客身份,我則是非常高兴,有一种無債一身輕之感!

客房血淚

這一週我最高興的事是，我們空了一年的客人房終於完成了！雖然過程實在不是多順利……

不錯吧！

首先，勤儉持家的我，一直在找「便宜又好看」的沙發床，「便宜」的畫框，「便宜又好看」的桌子……，畢竟不是天天有客人，還是用沙發床較能利用空間！當然，它沒客人時，就是我的豪華辦公室！

這一段日子以來，包含我几度的IKEA血淚史……

去年一

那个沙發床不錯…

廢話嘛！你不是說又要買桌子的!?

每回去IKEA必發火的人。

因為吵了一架，那次我們連桌子也沒買！（可悲……，本女王後來又好自己DIY做了个）

今年，由於我看上一个非買不可的沙發床，但是又怕我老公「IKEA病」發作，事前可是大費一番苦心計算——

我的沙發床：

沙發時—

床時—

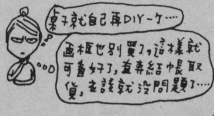

桌子就自己再DIY了……

画框也別買了,這樣就可省好了,直奔結帳取貨,去取就沒問題了……

画框?後來就以「夾板」代替。

夾文件的,更便宜,又好看……

（算是委屈求全了!）

雖說,我自知自己也不是一个多棒的人,可是有時默默為人著想的心,自己都还蛮感动的,同時,雖然取消了画框,我也為自己利用了更便宜的夾板喝采!並不真的覺得那般委屈,人生嘛!此路不通總是另有一條!

只是,我實在太小看了阿烈得的IKEA病了!由於,我們這一帶就那麼一家IKEA,所以那一个交流道總是車特別多,路特別塞……

我就知道!我就知道!今天運氣很背!!

緊張

耶穌!!什麼玩意兒!?

阿烈得發一陣脾氣,又向我道歉一陣,然後又發一陣脾氣,又向我道歉一陣……如此可笑又恐怖的循環。

對不起,這和妳無關,我只是不能忍受人們反应慢跟大家擠在一团……

我…我了解……

※請重覆以上二格畫面至少三次……。

話說,我們終於到了IKEA了,順利結了帳,

順便一提,有一次我開車跟在阿烈得的車後面,事前也告訴他,不必等我,如果我跟不上。

我在後面,看他沒耐心地從這車道換到那車道,一直在找一條速度較快的。我因為不是很在乎塞車,自始至終都在原來的車道前進。結果你猜?我和他其實还是同時間到達目的地!不過我在我的車上目睹他忙碌的一切,暗自笑得快死了…

噢!不!我從來不了解為什麼人會在開車時發脾氣?有什麼好氣的呢?路又不是你一个人的,你要開別人也要啊!快那几分鐘是能幹嘛?你的生命輕易被你浪費掉的時間你又在乎了嗎?

好不容易到取貨時，阿烈得終於來一次「驚彩」的完全爆發。

這什麼鬼嘛！抬也抬不起來！老人了！！！

不要了！反正我們搬壞它了！！

呼———！！後來當然还是請IKEA送貨至家裡，放在車庫外，我拆了箱，一條腳，几塊板，桁量也分批搬下來。当然，我們没搬壞任何東西。

後來，当我開始做桌子時，阿烈得还幫我鋸木頭，雖然他另有「屋外工程」在忙，我卻連一包水泥也没幫忙抬。我想這些永遠進行不完的居家環境工程，也算是美式生活的特色吧……

米曹糕……桌腳搖、晃晃地……這樣不行！

桌子在加了二條輔助樑後，再加上我的固，總算也完工了！

Miao, I love you so much

好讓我們在桌上！！

还好吗吧！只是亂画！

←其實对一切很得意。

DIY桌子———第二个了！！

NO PROBLEM !

NO PROBLEM !

毛伊島婚礼回憶

我和阿烈得所決定的結婚方式，完全符合倆人的天性，簡單倒落。我們既不在台灣結，也不在挪威結，我們選擇夏威夷是因為在那裡外國人和外國人結婚很簡單，沒有複雜的文件要準備，我們選擇 MAUI 島是因為阿烈得認為它和我的名字很像，我們選擇五月二十日是因為 520 在台灣代表「我愛你」。

沒有親友沒有宴客，只有倆人無束縛地在餐廳快樂痛吃！做為主角的我們，選擇讓自己在人生的這一天，用我們喜愛的方式愉快渡過！不必在乎他人。

雖然它很簡單，可是也發生了很有趣的插曲。

我們到了 MAUI 就去婚礼代辦處報到，對方依我們的要求安排牧師證婚儀式.(在 MAUI 海灘)，提供見證人、蝴蝶放生、安排一位隨行攝影師，一位弓單豎琴的女士，新娘花束及香檳。這就是我們全部的要求。

我們在那裡被告之要先去政府机關申請結婚許可，另被告之婚礼舉行處並拿了地図。

標示著婚礼舉行処的

除了申請結婚許可之外，其它時間我和阿烈得就像觀光客一樣四處玩。

我們的準備很簡單，他買一套西裝，我買一件旗袍，我並準備當天自己隨便化妝，把頭髮弄整齊。威爾！那就是一切了！(WELL! THAT'S IT!)

當天，我們依照時間，來到地圖標示的小教堂，卻見到一些人還在做禮拜，唱聖歌。

不是我們的結婚時間了嗎？

怎麼回事？

我也不知道吧....或許等他們做完禮拜吧？....?

感動啊阿～第一次有人來做禮拜穿得如此隆重.....

他們一定是虔誠的教徒!!!

牧師

←我們也很難為情，穿得如此闖入，所有的人都在看.....

禮拜堂

雖然他們遲到了...主啊！我們就原諒迷途羔羊吧！

因為我們猜測我們的婚禮將在做完禮拜之後舉行，所以並未離去，好心的教友還行一本聖歌本子來，於是我們就在那兒一起跟著唱聖歌！

看阿烈得入境隨俗地唱起聖歌，完全聽不懂的我也只好裝模作樣地對嘴……這也就罷了，

到最後大家還手拉著手在團聚！從未上過教堂的我，實在很不知所措，也不知所云，阿烈得也好不到哪裡去，雖然他會唱聖歌，但若不是看在要結婚的份上，他才不会忍受著溫馨氣氛在那兒做團聚！

好不容易禮拜做完了，大家紛紛散去，此時熱心教友及牧師竟問我們來歷！及為何而來，準備熱情引我們入主的懷抱！

這一說，把他們嚇了一跳，看到他們嚇一跳我們也嚇一跳！不是安排我們在此結婚嗎？怎麼連教堂的人都不知道？難不成我們遇上詐騙集團？騙了我們的錢，隨便瞎編一个教堂讓我們相信我們会在此順利結婚？

好心的教友 立刻幫我們連絡MAUI島各个結婚
代辦處, 打了許多通電話竟没一家表示过安排新
人到此舉行婚礼。

我和阿烈得都傻眼了! 竟然發生這种事, 難道這
是神的旨意? 我們失望地走出這个海辺的教堂, 搞
不清一切究竟是怎麼一回事, 開著車沿海濱走去, 突然
看到一群三四人小組在那兒等待。

我和阿烈得頓時了悟!

是嘛! 我們
要求的是海
灘婚礼!
就是這个了!

他們之所
以在地圖上
這个教堂做
記号, 是因為
這个海灘没
有名字, 以教堂
做地標較好
找!!

我們遲到了約半个多小時, 赤腳微胖的夏威夷牧
師全身行頭熱到不行, 看到我們總算鬆了一口氣。

於是很快地, 大家各就各位, 醫琴女士開始在海灘
上優雅地奏起醫琴, 我捧著他們準備好的新
娘花束, 攝影師開始自行取鏡拍照, 牧師翻
開一本大冊子, 婚礼終於開始了。

我和阿烈得站在沙灘上，夏威夷牧師唸唸有詞，
一直到開始為我們倆新人見證……

偷笑的報應很快到來，接著我們要跟著牧師宣誓，

吃碌→
的內心世界

牧師相当好心，当他發現我的英文拙劣時，特別放慢
說話速度，阿烈得也非常好心地幫我忙，但是……!!

宣誓就在這种奇特的狀況下完成了，牧師宣佈我們為
夫妻，結婚代辦處的人給我們結婚證書，祝福我
們，我們也放生了幾隻漂亮的蝴蝶，豎琴女士也在
美麗的夕陽海灘中又彈奏了一陣，攝影師在整个
过程中悄悄完成拍照，最後留下我和阿烈得在
海灘喝香檳，令人緊張的一切終於完成了，好在我
們不必招呼親友，高高興興，輕鬆自在地前往餐廳
大吃一頓。這就是我們的婚礼。

至今，每次回想起闖入教堂唱聖歌那一段，仍然覺
得很好笑，這意外讓我們原該平靜的二人婚礼
增添了值得回憶的熱鬧片斷。

結婚照大公開!!

＊ 剛開始時…

＊ 這就是我「內心忙碌」的那一刻…

＊我個人最喜欢的一張。

＊最爆笑的一張!(攝影師实在太「浪漫」了矣。)

天堂之所在

我家自從有了池塘後,感覺週遭出沒的動物變多了,各种我喊也喊不出種類的鳥,常々來做「沐浴」,因此我也特別買了一ケ Bird bath 置於池上。
我家池塘自從董子去世後,倒也變得很健康活躍,不論是池裡的魚兒或是池边的植物,總是一付人間仙境的模樣,小松鼠也常去喝水,連鄰居的貓也特別愛來徘徊,有時甚至就大方地倒底池边晒太陽,看著裡頭的魚流吠。
可是,這一幕温馨可人的景像也有它的殘酷面。
我通常一天餵一次魚,由於我家的魚兒們怕生,所以我常丟了食物後就回到屋裡,用望遠鏡在窗边「賞魚」。

米很有趣地,鄰居的貓对我家特別有興趣,除了我常可以在匣門發現貓穿过後留下的貓毛外,有一陣子更常目睹牠們在我家庭院裡睡覺。

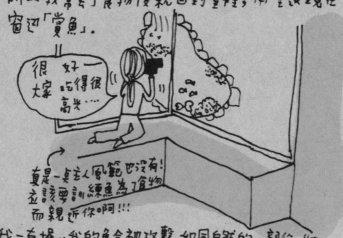

很大家 好一 玩得很 高兴……

→ 真是一点主人風範也没有!
这該要訓練魚為了食物
而親近你啊!!!

我一直擔心我的魚会被攻擊,如同自然的一部份,牠們有牠們每ケ动物的天敵,所以三不五十我也会拿著望遠鏡「点名」,確定每一隻都在。

有一天，当我正要去臭名時，正巧看到鄰居的貓，大大方方地在那兒進行牠的野心！

那隻鄰居的貓抬頭看了我一眼，雖然停止了撈魚計劃卻也不走開，我氣沖沖地下樓到後院將牠趕走了。然後又上樓臭名。
當我確定十條魚都安然無恙，正要鬆嗓時，竟不小心瞥瞥到小流水瀑旁的土地一角「窒」了一隻小松鼠！

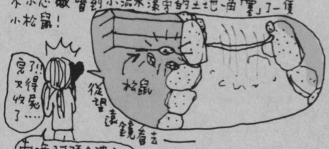

← 又是往生咒。

我本以為那隻小松鼠已死，沒想到牠竟突然動了一下，一直往那小洞鑽，但卻不逃到別的地方，我觀叮看了好一陣，確定牠是受傷了，所以也逃不了……

＊這張照片光線實在有是太強了。不过，請仔細看圈出來的地方，鄰居的貓大方地趴在那兒看魚。

天堂也有寒冬

仔細看四季的變化可以帶給我多少麻煩!!秋天的大落葉,冬天的雪,輕易就將池塘和庭院弄成一片混亂!

大雪時,連池塘裡都結冰了,魚兒們竟可存活,真厲害!

正在此時,阿烈得剛好打電話回來,於是我便告訴他我的發現,阿烈得不愧也是個好心腸傢伙,立刻趕回家看小松鼠的情況!

我不去了!!

↑個葡萄
↑個花生

牠受傷了,一定很慌張害怕,你要去看我就不去了,以免弄得牠太緊張

慢慢靠近!別嚇牠!

阿烈得在松鼠旁圍了一圈食物,也就小心離去,我們倆都沒經驗,也不知該如何做才好。

等太陽下山前,阿烈得再次接近小松鼠,在小松鼠旁再度圍上半邊的紙箱,以防入夜後寒冷及其他動物的攻擊……

明天我再打電話去獸醫院問之看…

好!就算要他們收松鼠,我願意付醫藥費!

沒想到,天地常常總是不仁,當晚竟滴滴答答下起雨來,隔日早上我等不到阿烈得起床,自己輕聲慢步地靠近,抖著手輕輕移開紙箱,食物都沒動,小松鼠也還在呼吸!!我的手腳都要軟掉了!

不知如何抓受傷的小動物,我們決定先去獸醫院打聽,醫院給我們另一個機構的電話,那是專門救治野生動物的,不收費,靠的全是民眾的善心捐款來維持的机構。

在專業人員電話教導下，我們準備了一个紙箱，一个包著毛巾的熱水小保特瓶，阿烈得戴上一双手套，我們就前去抓小松鼠了！！

我們開車將小松鼠送去該机構裡，工作人員接手照顧了他，在那兒，我並看到了民眾送去的各种动物，內心感动得不得了！！

我們被告如松鼠会留在那兒至少觀察十天，痊癒後会再度放生，工作人員並且「感謝我們」，將她送过來……不但不收費，

回家時，我想到天堂，突然覺得，天堂並不在哪裡，天堂是一些善良的人类同營造出的一种生活環境及心境，在那裡，任何受傷的身心，都能得到照顧……

明尼蘇達的家庭樹

在美國,有很令人頭痛的問題就是——一天中你總是至少会接到一通推銷電話,瘋狂時一天接到十通也有可能,我曾向阿列得抱怨,並不是抱怨接到這种電話,而是——

Hi, this is Arild and Miao, For some reasons we don't like to answer the phone, if you have something important to talk to us, please leave your message, we'll call you back.

以上,是我家我錄製的答錄机欢迎詞。從此,我們家没人再理電話響了。

我真的已経完全受不了推銷員或募款員的電話了,坦白説,就算我家没電話線我也無所謂。之所以没取消,主要是家用電話通話品質比手机好,我偶爾打回台灣还用得上。另外,伝真机也用得上電話線,如此而已。

我剛開始还会勉強去接,久了我也煩了,我發現我家竟然除了這种人会打来,也没其它類型的電話!有了手机後,從此我家再没人要接電話了,説起来真是可悲。

有一天,電話裡終於出現一个奇怪的留言,一位住明尼蘇達州的太太打来的,希望阿列得回電。

阿烈得也沒回電，我也就忘了這事。但，九天後，這位太太又打來了，而且阿烈得正好在家。

是...
那是我太太的名字...
喂!我的小孩是双胞胎...但不是和我太太生的...
疑——
還講到小孩?搞什麼...?
很認真地偷聽。

對,
xxx是我祖父...對,
我太太是台灣人,什麼?你女兒嫁給日本人?...哇!...
?
到底在搞什麼呀?
非常疑——

好不容易等到阿烈得講完電話,我迫不及待地想知道「明尼蘇達外遇案」!

妳知道什麼是家庭樹嗎?
family tree?主譯就是中國人的「族譜」嘛!
是的!那位明尼蘇達州的太太正在做一个 family tree,

很意外地!這 family tree 竟还包括阿烈得這挪威人,又更不相干的我這台灣人!真是太神奇了!湯姆...

有沒有搞錯啊?我有明尼蘇達的親戚?
這家庭樹也未免做得太大了吧!話說回來,你這挪威人怎麼會扯到美國人的樹裡?
我祖父年輕時就來美國墾荒了...

是!阿烈得的上一代也是來美國探險的,祖先中更包含威京优秀的航海家,但!他可是了純种的挪威人,而

明尼蘇達的這位太太更是純种的美國人，實在我搞不清楚，是從哪裡阿烈得進了韓國人的家庭樹？

我也不清楚…

不求甚解

反正人類祖先到頭來都是同一人吧！

我不滿意啊!! 什麼答案嘛!

據我了解，這家庭樹雖然大的有夠誇張，並包含了美國人、挪威人、日本人、台灣的我，但卻也沒追溯到太多代，我就莫名其妙有了美國遠親了!(及日本遠親!)

給明尼蘇達州的太太：你該不會是覺得有世界各國的親戚是一件很有趣的事吧?……

不事地，我同意好：我也要來做一个家庭樹統一全球一!可愛!

我当然沒那个美國時間去搞什麼家庭樹，不過，對於自己在美國人的家庭樹裡榜上有名，說真的，还覺得挺有趣的，雖然明尼蘇達州去都沒去過……
在美國，有時真的覺得很多怪事會發生，例如前咉我竟收到(布希總統寄來的)快函!

給我的…

什麼!? 來自總統布希!? 該不會要特別給我永久公民权吧~?

想得太美!! 打開後，原來只是要求捐款支持布希竞選的郵件!!

我看过就丟了!開什麼玩笑!!本人連投票權权也沒，要捐款?先給我綠卡再說!雖然又是这种郵件，但对沒收到相同郵件的親布希支持者阿烈得來說，竟感失落!

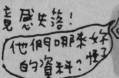

他們哪來好的資料？怪了

為何妳有我沒有…

誰知？要捐你去捐啊!

阿烈得開刀記。

由於太經常因感冒發燒影响正常作息了,阿烈得在医生建議下終於同意扁桃腺切除手術。

本來我對是否該割除扁桃腺有很大疑慮怎麼說?扁桃腺畢竟是人體守門者,把警衛開除了...這樣好嗎?
試試看這麼想---如果你的警衛不但不盡責過濾出入者,還大邀不相干的壞朋友進來..是不是不要警衛更好些?

手術本身算是對導簡單快速,痛苦的是復原時期会很疼痛,完全不能上班也不能帶小孩一到二星期。

喔!当然!

医生,那是不是該我太太这段時間必須对我非常好?

喂!平常就对你有多好了!

隨著手術時間愈來接近,我們家也開始悄悄地進行八點档連續劇……

Miao.我從來沒有全身麻醉过

萬一我没醒来,請記得我愛女兒,雖然平常我脾氣不太好……

相公!别說了!你一定會醒来的!!

那是当然!

往往,搞到太誇張後,我們也会突然覺得太过了,而冷靜起来.

搞什麼呀~好像没那麼嚴重吧?

……

可是往往隔天又上演更加誇張的戲碼……

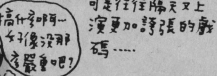

＊

在美國，好像正經的女人叫另一位正經的女人「Miao」不是一件「上流」的行為。因為顧名思義，你好像在形容一ㄍ浪漫或「野性」的女子。

所以我常發現自己的名字被「偷改」，有時是「Mao」有時是「Mia」。發音方式也是千奇百怪。

奇怪了，這麼一ㄍ簡單的字也可以搞成這麼為難。也遇过「好心」的人乾脆問我怎麼唸…

不过，我並不打算改名字，我不以為羞啊，那就大方看別人羞也是趣事一件。

到了医院，阿烈得換上「病人服」，我們加場演出，直到医生把我請出，送至等待室。
我一ㄍ人在等待室神情渙散，心中卻仍默唸佛号，几乎連小便也忘了小，真是敬業。
半ㄍ小時飛过去了，手術庭該結束了，我死叮著門，等待有人出來叫喚我的名字，後來，我又覺得自己太神經質了，只好拿一本雜誌裝清高。
又过了几分，終於医生出來了！

你老公的扁桃腺實在大到不像話！是該割了！

真是太好了！

医生以閃電的速度向我告别，只説等阿烈得醒了会再派人來叫我！

喂一等一等一下一一！！

意思是説我老公還沒醒？

來不及了，我又再次留在等待室哈經。

see you—

大約又过了20分，在我变身為白人之前（誤的），終於另一个護士來叫我了，我以為我即將看到虛弱的阿烈得，沒想到，我竟看到一个愉快有精神並且吃著冰棒的阿烈得

要布了嗎？　MM一

不僅如此，我同時发現医院裡的医護人員对他都超超超寵愛，彷彿每个人都曾經歷割扁桃腺之苦！对我更是呼來喚去的！

太过份了……我擔心死了，他竟一付悠哉樣！

去幫你先生拿藥吧！

怎麼!?你難道要你老公自己去?

在那兒為什麼？

不是的！我是不知医院药局在哪兒？

最後，我还被喂去開車，他们直接在樓下等我，阿烈得又需坐在輪椅享受康愛及布丁，我的夕人生活剛剛展開…

※ 後來聽説，医院有規定，不可以讓開完刀的病人走動。所以，雖然阿烈得開的是扁桃腺，他还是得全程坐在輪椅上，直到離開医院範圍。

※ 阿烈得回家後，我当然是做了二星期下人，他也厲害，大多数時間都在睡覺…

※ 很好的結果是，自從割了扁桃腺後，至今阿烈得都沒再感冒发燒过。

白色挪威。

最近天氣開始愈來愈冷了，不禁跟我開始
想起下雪的情景，一片一片的雪花，像天使們在
天上用雲打枕頭戰，裂開的枕頭棉絮，
快樂地自天空降下來……

都這麼
浪漫才
怪！

可是我以前也這樣覺
得，下雪，情侶二人在溫
暖的車裡，美麗又寧靜
地開向未來……可是事
實上，真的差很多！尤其
是我今年初在挪威時。

為什麼車上
酒精味
這麼重啊！

雨刷要噴酒精嘛，
才能把冰雪化掉，不
會結冰在玻璃上……

沒錯一因為降下
來的雪遇到溫暖
的玻璃（車內暖氣
之故）很快會產生水
氣而結冰，如果
不立刻刷掉很快
就看不到窗外的
路了，而一般雨刷

因為暖氣得開到最強。

的噴水也得改成噴酒精才不會結冰，也才可以
「化冰」。
你得一直聞到濃重的酒精味，這還不是全部，
你得在車內開暖氣（不可能不開，太冷了），暖
氣運轉的噪音根本不可能浪漫得起來！

＊挪威西边的城市 Ålesund
　港灣漁船現賣的海鮮超一

級好吃！

＊這可是雪國必備的「雪拖車」喔！
　它的身份可比擬是一般城市
　的自行車。

每隔一陣子，你还得拿著刮冰器，到車外把冰刮乾淨（酒精效力还是有限），要不然噪音可不只暖氣而已，还會有雨刷的加入！

不車只如此，車上的飲料除非你是放在保溫壺裡，否則也是很快就冰涼無比，更甚者，有時你只是下車去餐廳吃頓飯，回來後保特瓶裡的水已經開始結冰了！

在這种環境裡，当然家家户户各种商店絕对都要開暖氣！於是，行人可行走的路旁，總是奇滑無比

飄下的雪 →　遇上 暖氣 ⇒ 水
　　　　　　　水　遇上 →冷就會變成 ⇒ 冰水
路上就是雪夾雜冰及冰水。

救命啊！

呼

不穿溜冰鞋也能溜冰！

這种路要跌倒滑倒完全是常識內的事！不過，不得不說上帝造物總是奇妙的，在冷得令你耳朵痛的地方，卻有它更美麗的一面。有一天我和阿烈得開車經過一処山，那時，天是白的，山是白的，路是白的，樹也是白的……

Well，其實是像這樣个，不过請相信我，實景更棒一百倍，我這是一次性相机拍的。（我帶了相机，但我的亞熱帶相机在那裡死給我看。）

〈沒錯，就像這樣空白一片……〉我不禁要說，那是天使們完美的傑作……

不甘心...

不甘心……

萬聖節。

在我的感覺裡，大部份的西方人都比較相信科學而不是研鬼神，所以尤其不信「鬼」，所以西方的節日裡，大概只有萬聖節是唯一和鬼扯上一點關係的，說來，這个節日可以當成像我們的中元節一樣。可是，看我們一整个農曆7月是如何恭敬謹慎地轮渡鬼，而萬聖節在西方，卻由對鬼的（他們以前也相信在這一天，死去的鬼魂会回人間）恐嚇，演變到至今對人的惡作劇，或狂欢裝扮PARTY！

請客或搗蛋！

糖果請隨意～

據說，以前的人扮成鬼怪外出，是希望那些回到人間的鬼魂会以為他們是同類而不会傷害他們；或者，希望他們鬼怪的裝扮多少可以嚇走鬼魂。但到現在，萬聖節已經完全變質了，小孩子們在這天大賺糖果，大人們則狂歡作樂，鬼的氣氛完全只剩在服裝造型上还可看見。

在美國，萬聖節也算是个大節日，它主要是從以前的英國移民來的，（萬聖節起於古代住在大不列顛的一族人民），在歐洲，也並不是「每个國

家都過萬聖節，挪威就不怎麼過這ㄣ節日。所以，對於美國這ㄣ有大量外來人移入的國家來說，萬聖節還真是令人嘖嘖稱非！

有時

請客或搗蛋：

完了！遇上「蒙面」搶匪！我們怎ㄣ這ㄣ倒霉!!

真實發生於華人移民之案例

还有一些不怎ㄣ过但萬聖節卻大概还知道萬聖節是怎ㄣ一回事的歐洲移民：

……

呆

第一次收到鐵而非糖果的小孩。

怎ㄣ？还不滿意？好了吧!再給你1元，That's it！沒了！

真實發生於某歐洲移民之案例

美國的大人對萬聖節瘋不瘋狂我不太清楚，但小孩子倒是真的很不辭辛勞地到处要糖果，我則很怕小孩子搗蛋，畢竟我家的庭院不被亂搞就已經夠不堪了，再被亂搞我實在不知要如何「持家」了!!所以，我每年都还是乖乖地準備

糖果吊在門外門把上，趁小孩子來之前和阿烈得趕快躲到PUB裡喝一杯。

這次買的 南瓜糖果筒 好可愛 可以留 ⋯⋯

喔!筒子 不來播算

喂!快看! 那老人卡打扮 得好有走和!

結果，等我們回到家，糖果光了不說，連我 的糖果筒也被拿走了!害我感傷了好一陣子!
今年，由於阿烈得的公司提早為外孩慶祝萬聖節，小孩子們可在傍晚進入辦公室向大人要糖，所以我們又去買了糖果及裝糖果的筒子。

這次買便宜的就好，這樣 筒子被拿 走巴 無所謂!

像臉盆

只是 好了嗎?

很好心 ←的廣告 桑。

結果，不怎意外地，糖果都被拿光了，小朋友們很識貨，留下這个醜盆子給我。
我高興的是，星期五我不必再買一个糖果盒，憂心的是，這个醜盆子該不就這樣跟著我一輩子吧?

是的，至今還 →
在。

HEHE⋯ 哎!

連我也不想要⋯⋯

說老公壞話。

說起阿烈得,有時真令我啼笑皆非!
例如以前提過,他將東西堆在出租倉庫一年多,
其實,除此之外,他还曾經將一台不要的冰箱放
在車上載來載去(美國這類垃圾不能隨便乱丢),
載了一年才擺脫它!另外,其實他的駕照也过期
近一年了,还没去辦新的,這些我都还好,畢竟
那是他的私事影响不到我,只有一件事令我痛
苦—— 我們家空調也壞了快要一年了!之前
夏天我还可以忍,秋天氣温宜人,我也没在意,
可是終於冬天了!每天早晚都在零到五度的低
温徘徊,GUESS WHAT?我竟也没抱怨,用偷
閒蓄自己的方式渡日!

也許是我配備
得还不錯,後來
竟然也不覺得有
多難熱,倒是阿
烈得自己終於
冷到受不了了,
先是去買了一台小
暖氣机,不但熱
力不足,还吹到
快圍障,後來他又

BALAH...

Balah...

Balah...

Balah...

Balah...

Balah.....

Balah...

Hey—
I think that's
Ensugh!

對他那种人抱怨
还不如自己自强…

→ 圍巾.
→ 外套.
→ 小台圓呂
熱水袋.
→ 衛生褲
+
外褲
→ 二双褲子.

開始每天買木頭在壁爐生火,再後來,他除了被窩之外竟哪兒也不想去,連去上班都要花很長時間做好心裡準備,才能從被窩離開!

最後是,阿烈得終於發現我溫暖的小武器——熱水袋!!終於,他伸出了魔爪之手!

我當然說好,可是,從此就像他總是會搶被子一樣,熱水袋往往在天亮時是點在他身上的!而我們的二層被,總是又有一層是在我身上。

最近,阿烈得總算積極找人來修空調了,於是,熟悉的感覺回來了,我眼睛開始覺得乾.眼實開

我最不喜歡和維修人員打交道,原因很簡單,我不但一問三不知(那也就罷了),我還更發生過一件超級大糗事!
有一回,一個修電話線的工人來,他問我:
"Do you know where is the office?"-----其實,他是要問這房子的機房總開關之類的地方.但愚蠢的我竟帶他去阿烈得"家裡的辦公室",不僅他莫名其妙,其實那一刻,我也是..."他要看辦公室做什麼?"我在心中納悶...

始覺得癢...在乾燥的暖空氣...

原來如此! 我還在想 我沒挪威 人太沒面子 了呢!

我本來就很 慶幸好不好? 你的表現則 是真的很可恥... ←乳液,計劃 配備.

阿烈得自暖氣修復後又開始生龍活虎了, 彷彿一切什麼都沒發生過,事事都很圓滿。 但我最擔心的,也算真正向他抱怨過的,其 實是我家通往屋外路面的樓梯,它因為有 点年紀了,開始有些傾斜,在多雨的西雅 圖冬季,它甚至會變得很滑,我們倆人都 個別滑倒過一次,簡直可用「危椿」形容了!

神啊... 我只是个郵 差...千萬別 對我太殘 忍...

可憐的郵 差...我少 買一点東西 好了...

屋外樓 梯有些搖 晃,待修.

本人DIY有撐支架在下方, 不知可維持多久就是了....

我在得到溫暖之後,開始期待樓梯被修復 的日子......

恐4布!

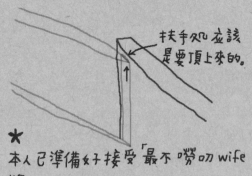

扶手处应該 是要頂上來的。

*
本人已準備好接受「最不嘮叨wife 獎」。 ← 誰要給妳ㄚ!?

忍辱偷生当少女。

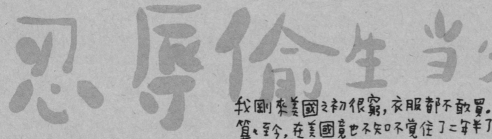

我要説真話，不管別人怎麼安慰我説我看起來多年輕，在我自己感覺裡，要踏入 A&F 的店还是須要莫大勇氣。

除了因為它是少女服飾外，他們的店員也是因素——年輕時髦的俊男美女。相形之下，我這歐巴桑真的很無地自容。

我剛來美國之初很窮，衣服都不敢買。
算至今，在美國竟也不知不覺住了二年半了，肯定在不可能再不「補貨」了。
可是，補貨對我是一大困難，首先，以我的年紀，我其實应該買「女人」穿的，而不是少女路線，可是，「女人」穿的衣服版型都很土！

天啊……

這种没腰身又落肩的型，穿起來至少老五歲胖五磅！

我知道，我真的已經不能裝可愛裝年輕了，可是！唯有在少女區我才能感覺到流行还存在！要不然就是某些大名牌才有可能，可是，我不是上班族，

穿衣風格也傾向休閒，实在不願花大錢買不实用的衣服！況且，即使我認為和我年紀及風格最合適的 J. crew，我都还是覺得他們的定價有点太貴！
於是，我經常忍佳羞愧在 abercrombie & Fitch，American eagle 這种少女群集如徘徊，更為了難得可買衣服必定花很久時間看及試穿！

我知道我不屬於這裡，但

原諒我吧！少女們，我苦因為尺寸不合还得再回來，让今更羞愧!!

那丁太太年紀不小了吧？还來和我們搶衣服！

真丢臉

說到場合穿衣,我也是覺得挺煩的.以前哪有備禮服之必要,最多買件洋裝臨時頂替一下就是.

但我在這裡偶爾就需要一些禮服之類的,因為阿烈得有時會想去"超豪華"餐廳美食一頓.

因為覺得自己已經夠幸運,可以不付錢了,就覺得至少衣著上不能讓老公難堪.

所以,我來此之後也陸續買了幾件王牌裝,及王牌配件.雖然穿用的次數不多,不過實在也是..."上流社會"之麻煩?

別以為我說得太誇張,事實上外國人真的是有比較視年紀在穿衣.買衣!不像我們比較不那麼有明顯地畫分!我真的除了充電視上看到那些知名藝人之外,我從來看过像我這樣三十多歲的一般正常人还有在穿低腰褲的!

我知道美國也还有其他很大眾化的品牌,像GAP.像old Navy.像banana republic,..等,他們的衣服也都不差,可是也許是因為他們針對的是更為普及的大眾路線,感覺上,他們的衣服的線條还是少了一些流行感!款式还是太安全!

至於大家都知的大名牌CK.DKNY.U.S.Polo我也不討厭,只是嫌太貴!

不諱言，我第一次去逛abercrombie & Fitch的店時，立刻就驚為天人，它馬上就成為我最愛的服飾品牌，愈設計愈破的衣服我愈愛，更何況我來美之後雖大了一号，卻还是只能穿0号或2号的尺寸的下半身，A&F（簡稱）衣服向來做得很小，實在很適合我們嬌小的東方人。

這家公司瘋了——美國胖子這麼多，他們竟敢這樣搞！賣誰啊？

乙非等之小.

最近我則又看上了另外一ケ品牌 riley，它的風格也和A&F有異曲同工之妙，不過它在華盛頓州並無店面，我是在網路上不小心認識的！

好討厭喔——這都隨便處理……簡直洋垃人了——

又在看破衣服！哼！我也是abercrombie啊，我的破衣服賣你好了！

總是穿到自然破.

雖然，我还是會很羞愧，还是不斷被阿烈得取笑，但，在美國生活這麼無聊，我还是堅持要有一些東西讓自己快樂，还是堅持忍辱偷生也要当少女！！

✳ 我也是有自制的時候啦！比如，前一陣子在拍賣網站看到有人在賣一ケ a la Sha 的貓咪包，覺得有夠可愛的，但是我告訴自己一兆次"妳已經不是可愛路線了，別再噁心別人了…"

（我果然有呷意，不然不会記得這麼清楚，还画得出來！）

停电記。

毫無預<s>警</s>警地，当我一如往常，在西雅图時間的傍晚，台灣的早晨九点，在網上讀台灣的新聞，突然屋外傳來兩聲巨<s>響</s>響，接著屋內就陷入一片漆黑了──停电了！（註：現在冬天，天黑得很早。）

我在伸手不見五指中，摸到了我的打火机，夕利用了那小小的光點燃了二个向來只是擺好看的蠟燭。

天啊!!沒灯,沒電視沒網路,現在我該怎麼辦?

不死心又不想出門（外面太冷,但!我忘記暖爐也停掉了!)的我,竟就著燭火玩起电子字典裡的實果遊戲!!一心期盼著电能在下一分鐘就回來!因為当時是「煮飯時間」,我十分相信鄰居們应該会已到打电話去叫电力公司的人來修!

鄰居們。

喂!搞什麼!!怎麼大家都走人了!?

回來啊!你們這些逃難的家伙!!

後来,我終於意識到我失去了暖氣,在黑暗中,在寒冷中,我終於再也受不了了!!就著燭光找到手電筒,十

我確實很不喜歡黑，從小我就一直習慣睡在有燈的環境裡，所以我超級不喜歡停電，可以說是恨停電了……

萬分害怕地下到最底層的臥室,隨便找了一條褲子,把在身上的睡褲換下來.

神啊⋯⋯讓我是世界上神經最大條的人都沒關係⋯

重點是,不要讓我看見什麼想⋯西方的神,雖然在緊張時刻我只能說加中文,但你是神,你應該聽得懂吧?

穿上褲子後,我隨便又圍了一條圍巾,完全不顧上身还穿著日衣,完全沒有配色地,拿著手電筒及包包奪門而去,一直到坐進車上,發動我的吉普,我才有了第一步的安全感!

豈料,才開到第一ケ路口竟然就開始塞車,这真的是我們住在這兒一年多以來,第一次看到的景像!! 正在驚疑究竟是怎麼回事之際,就看見了紅綠燈也壞了,於是,竟然四面的車全停在那ケ十字路口,誰也不知道該誰先過!

往東
見重業

往西雅图→

喂!你們都不走,那我走了喲!

不愧是台灣人.

於是我違了照理該讓的左轉車,大大方方地先搶了道,真一路上看到對向車道塞得和我視阿及之處一樣遠!倒是往東的方向还很ok,我很快地找了一家有電的PUB衝速進去,点了一杯威士忌.

...不幸的我家這一區有電力問題,兩年來停電次數多到數不清.我家空調系統會壞,其實也是因爲斷電斷得太突然,又太頻繁! 我甚至因此覺得痛苦,想要搬家..儘管阿烈得一再以松鼠和池魚不可放棄來慰留我...

室內暖氣加上感士忌，很快就讓我重回溫暖，我抓下花條圍巾，正要脫下大外套時才猛然想起裡頭還穿著睡衣，我趕緊扣上外套，微笑地又叫了一客炸薯條魚(Fish & chips)及可樂。

窗外，那場慢速競賽還在，車子仍舊不太動地卡在那裡。我拿起手機打電話給阿烈得，警告他要繞路回來，並且不必回家，直接來和我會合，阿烈得有了我的交通簡報，竟神奇地在我食物才吃到一半就趕到，还立刻伸出他的賊手搶走我剩下的炸魚！

我和阿烈得在PUB聽到有消息傳出說電力已回復，才回家。在這冬寒冷的冬天裡，室內沒有的暖氣實在是一件痛苦的事，更重要的是，我不知為什麼就是覺得那晚特別寒」，比平常又不太一樣。

結果，次日早晨醒來，竟可真是嚇了我一大跳！屋外竟白花花一片，下雪了！雖然它下得很不是往常的時候，我還是穿上鞋，到屋外踏了几个腳印，感覺那美好的一刻……。但末了，發現屋外有一灯壞了，又实際地找出工具，在雪中換灯泡。很奇妙的停電夜，下雪晨……。

当天腳印……

感恩節前夕。

已經好一陣子了，我一直在等出版社將最新的交換日記(七)寄來給我，我也知道感恩節連假要開始了(從星期四開始)，所以星期三那天，我足不敢稍出，把郵差盼到最高峰！

* 我的問題就是，我太不相信別人的經驗了！

什麼声音？会不会是郵差？

不是啦！是松鼠來要花生了……

終於，郵差上班時間也过了，我帶著失落的心和老公出外去辦感恩節食物shopping……就在阿烈得打開大門時，門外竟貼了一張小小的「包裹通知」在那！

去！又是廣告！

不是廣告啊！！我在等台灣的包裹！！

健步如飛猶如羚羊！

我一边搶下那小小的通知條，一边大罵嘿嘿扣(消音)，我在家等了一

整天，見鬼了也沒聽到曾有人來按門鈴！

買完了火雞、香檳等的東西，回到家後，我把那張小小的單子反覆地重看至少二十次，不甘心之情簡直就要奪下阿諾州長的寶座！

叮咚一 叮咚一 叮一咚一

不要再試了！電鈴沒有壞啦～

※ 大廚阿烈得。

※ 胡瓜(希望沒記錯)湯。

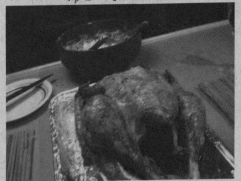

※ 感恩總吃火雞…

由於,感恩節大餐我也幫不上什麼忙,所以阿烈得吩咐我要先把廚房清理乾淨,他主廚先去廁所閉關研讀食譜。我讀了我的包裹通知單數百次,当然沒有漏看到上頭的連絡電話及可連絡的時間!

到晚上九點吧!現在才八點,打電話去还來得及!

可是,我的英文電話对話我就毫無自信了,所以我開始認真用力地清潔廚房,打算以閃晶晶的廚房來感動阿烈得,讓他願意為我打這通電話!

插花案例:為什麼我無電話对話自信?

目標:五号餐+1可樂

5号餐及可樂
那你喝些什
可是!!
什麼 size?
中的!
薯條 size?
?? 裡有附嗎? 算了…都的!
我不是説了嗎?
共襄!
最後得到:五号餐+2可樂及多一份薯條!

看着英語腔也很奇怪是位从墨西哥人(結帳取貨時),我實在也不知道究竟是誰的問題?? 只能想辦法把多些的可樂和薯條藏起來,以免回去時被阿烈得笑話!實在,吃得很飽的肥胖肚皮背後,我有很受傷的心。

美國人該不会是這樣所以才变胖的吧?

可想而知,包裹這种大事,我絕對希望有任何誤会!我一面在廚房認真地又刷又抹,一面寄望著幸福的来,小小的關心……

果然,阿烈得看到乾淨的廚房很高兴,很爽快地立刻拿起電話幫我打去問包裹的事!

就這樣,我不但沒有包裹,还被騙了情感,主动去向那些推銷員投懷送抱,真是一个難以感恩的感恩節前夕啊

生日快樂.

一年之中，我只有一天可以完全做我家的女王，那就是我的生日！

我真不禁要流下感動的淚水，因為不知從什麼時候起，我家的咖啡都是我在煮，我常想，阿烈得大概已經不記得咖啡机怎麼用了....

然後，捨不得亂花錢的我，由於原本自己的掃描机運到美國來時已經摔因障了，一有以來，勉強地用著阿烈得描掃效果不是很佳的掃描机，今年也因為生日之故，終於得到一台掃描影印，輸出三合一的机器！

然後，我哭失許久的High-speed internet！啊！終於裝好了！！！二年多了！二年多以來，我每次寄email來帶図档，都要忍受十分鐘以上的上傳時間，現在，終於我享受到傳輸的快感了，相信大家也会為我流下同情之淚吧？龜速阿烈得終於也抵達終点了......

最後,是我一年吃最好的一次——上西雅圖心乎最好的 Fairmont Olympic 飯店吃大餐(原四季飯店),連前菜都點,还開一瓶紅酒!

這是…… **都市** 吧!!!

↑
好像住在台北縣的人好久才有來終於上了一次台北最繁華之地!
←連衣著也正式!
(馬些喔!)

我們在優雅中讚嘆中.吃完了食物、品嚐了美酒,最後連甜點也沒放過,這簡直是一年以來難得的大修華,更是我今年以來穿得最整齊的一次!回到家我都醉倒了,还倒在自

己送給自己的昂貴年度礼中:

今天好幸福喔～

←枕頭套
＋
←棉被套
(很有趣的設計,我覺得!)

⊙国外被套之類的東西都很貴!

nooneyouknow.com

✳
阿烈得很不滿我一年生日「三次」——國曆農曆各一次,还有一ヶ晚報的「證件」生日。

✳
雖然,我從來沒过过「證件」生日,但這卻不是和他一桌都沒關係,他是我老公,很多情況下他还是得記住我的證件生日,因為報稅的会計師会問他,律師会問他……

快樂的時間不但總是過得特別快，往往
还總是轉變得特別巨大。

就在我生日剛結束的三个小時候，我肚子痛
得從睡夢中醒來，強忍著睡意及寒冷，我不
得不往廁所裡去，才剛坐上馬桶，所有的疼
痛都來了!

我…快…死…了

頭痛（喝醉酒）
啾一啾一啾一

肚子痛
（吃太好、
吃太多!）

牙痛!（甜桌没
刷牙就睡了，
活該!）
啾一啾一啾一

總結：老了一歲，人老毛病就多!

所以，很耗弱的今天，我本來沒什么力氣做任
何事，偏偏还遇上連載要交稿……

我們下
星期見了…

快寫完了…
終於

我快虛脱了…
只不过是过个生日…
还真是只給我一天好
日子过……

苦命的是，下星期，馬上又輪到阿烈得当 王中之王 了

下星期換他坦
因他本來就是王，
所以要当王中之王…

以前在台灣時,家
人都幫我過農曆
生日,來美國後就
只剩電話祝福了.
不過,我反而對電
話祝福更感動些,
因為,若不是他們
提起,我根本不知
道我農曆生日是
國曆哪一天,我根
本不知自己生日.

痛樂瞎拚。

人老了的大好處之一是一愈來愈了解自己。我覺得我最討厭被別人誤会，我覺得我很要求「公平」。但，這和我今日要說的購物主題有什麼關係呢？

關係可大了，因為我的購物大多源自內心的孤獨與不滿！

我在國外並不是過得像許多人以為的那麼幸福、順遂的，事實上我真的內心常感覺好孤單啊！

阿烈得才不是只有我說的那般有趣取体貼，美國才「不是只有」我說的那些進步開明。我說謊了嗎？我隱瞞了事實嗎？也不是！誠如我自己不喜欢被人誤会曲解，誠如我自己不喜欢被不公平地对待，所以我也認為説阿烈得不好、批評美國怎樣，都不是一件公平的事，因為反觀我自己、反觀台灣，我覺得都不差了，可是也不完美。眼睛如果只能看到別人不好的地方，自己也永遠內心充滿了猓，不会進步。也不会使你快樂多一点。

所以‥‥‥‥‥???瞎拚吧！看々這世界还有多少奇々怪々的東西能被你找出來，看々這世界还有多少好東西其實也出自這萬惡人類之手！怨嘆之餘也多少公平地讚嘆吧！

※ 這个魚款其實好像鯛魚燒喲！我常想，橘色雖也很可愛，但它若有鯛魚燒的顏色就更棒了！

※魚熱水袋。
在我家附近藥房買的，因為可惡的阿烈得搶我原本的熱水袋！

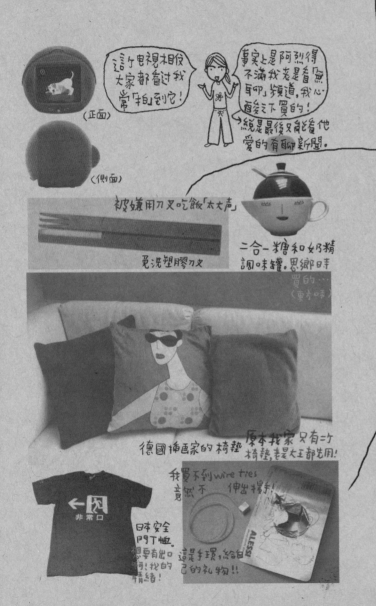

以前, 我從來不覺得我吃飯 (用餐)很大聲,自從有一次被阿烈得唸了之後, 我偷偷觀察他吃飯,發現這人是「超靜音」, 竟然連吃脆瓜之類的東西都沒什麼聲音...也不知道是我有問題,还是他?

有一陣子我需要wire ties,奇了, 竟然到処找都沒人在賣。然後, 等我解決了問題,又四処看到它!!

另外,這手環已經被我毀了, 我沒料到它竟和wire tie一樣, 一扣住就再也拉不開,除非剪斷!

至於我現在上網的
CABLE，它好得沒話說，
比我第用的東X更快。

八幅同一地點的作
畫，從老街景直到都
市化。它是一本書：
THE CHANGING CITY
Jörg Müller (Swiss)

我給阿烈得的第
一个聖誕礼物

雖然感覺上我也亂買了不少東西，不过，請各位想像一
下吧！用撥接速度(之前)的internet，我是多麼有
耐心地等網頁一頁一頁慢慢地開，這还要包括許
多網站我去过了全部，東西一樣一樣地看了，卻沒
買任何東西走人的「青春」消耗！

沒關係...我是怨婦，
我有的是時間....

MERRY CHRISTMAS

叮叮噹叮叮噹……沒錯,聖誕節又要來了,累壞了我這國際使用人(台語),屋漏偏逢連夜雨,我家池塘的嘟筒(pump)早不壞,晚不壞偏ˋ在這時壞了,我擔心魚兒個的安危寧可捨棄聖誕樹也要苦ˋ哀求阿烈得快去買一ㄎ新的嘟筒來更換,好在阿烈得也是愛心之人,竟也火速買回了新的嘟筒。

但是我,我已經不願再見到任何魚死在我面前了,我提著新的嘟筒來到池塘邊,決定向水電工挑戰,女人家為什ˋ就不能懂電机?是吧?我將所有電源關掉,

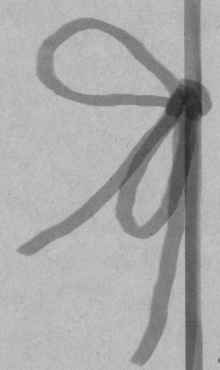

但是,今天下雨ㄅ啦,我明天再裝吧?

搞不好会電到……

我指……電到魚……

捲起袖子到水裡摸索那註定短命的CHINA出生的舊嘟筒,意外地,才兩下它就脫落了管線裝置,我測試了一下,證明它確實已死亡,才搬出新嘟筒放入水中連接管線,經過二三小時的努力,我的双臂變成冰棒,管線終於也裝好了,插上電,我的流水池塘回來了,那一刻,比誕誕聖樹亮灯更值得,我

流下水电工的第一滴泪。
我終於能安心搞我的聖誕樹了!更好在,我有了去年的教訓,今年七早八早在十月就買好了挪威家人的聖誕礼物!

去年礼物
(中国風茶具組)

聽說不但摔到,而且还摔破了…

隨你怎麼挑吧!

今年礼物(抱枕毯)

我立刻摇身一變,由水电工身份轉為「魯瑪」(女傭),開始加緊腳步追上鄰居們的速度!可是…

今年景氣是不是比較好?怎麼大家灯飾愈弄愈多?

好吧!我也得多下奌工夫了,何況屋内聖誕樹也得添些新花樣,免得年年都一樣。我於是又買了一些灯飾與彩球之類的,好不容易弄好了聖誕樹

彩珠鍊(今年新品)

灯線繞得可複雜了!

可惡!灯壞了一半!!

意思是…我得取下繞線再重新繞一次……

別以為我不懂聖誕樹!我当然也知道,灯通常是一勾灯泡壞了,這以下的灯也全不亮了,

✗ 我雖不是正港的阿嬷,不过实在也差不到哪裡,我家的東西其實大部份都我在修,我連馬桶都修过。

─────────────

✗ 每年的聖誕过後,我会把彩球彩帶回收,然後把樹放到 Fire place 裡当材燒。
不是蓋的,聖誕樹好容易著火,而且燒起來又快又猛,实在很嚇人,也很危險的感覚。

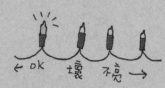

← OK　壞掉 →

只要將壞的那个換掉, 灯就會回來, 這是常識, 只是可能不适合套用於 CHINA 製品就是了……

我將壞了的那个灯泡換了几百次新的, 它, 不亮就是不亮, 我甚至將所有壞的灯泡全部換過了, 它, 不亮就是不亮……阿菊(女傭)苦命地拆下所有灯飾及彩球·珠鍊, 阿嫌(水电工)再次登場了,

A計劃

阿嫌 → 我不想浪費錢呵可……

能修就先修修看吧……

把壞的那个剪去。

從 OK 那个 ∨ 以不亮的連接起來, 再貼上黑膠布。

但是這回, 阿嫌也失敗了, 連接好後, 不僅不亮的仍不亮, 連原本 OK 那些也全不亮了!

B計劃 → 再買一條新的, 寧願價格貴三倍也不再買 CHINA 的了。(這是阿嫌說的, 不干我的事……)

斜掉啦一!!

聖誕快樂!!

※ 圈起來的右辺那兩个是我送大王的礼物, 左辺是大王送我的。二个

他故意把箱子弄得比我的大, 其實裡面是一張紙——上飛行課的證。

我剛打開時, 还以為裡面是空的, 想大王竟敢開這么大的玩笑, 結果發現是飛行課時心情更複雜。

我的愛車.

大喜欢

大喜欢

我最喜歡的中式早餐是飯糰,不過我最喜歡的早餐飲料是咖啡,所以我通常還是吃美而美之類的三明治.

在台灣,連麵包都比美國的好吃,我想了很久才知道原因.

說起來,我們台灣人真的很勤,我們勤快地做出"當天的"麵包,即時新鮮的飯菜,因為不是新鮮的沒人要吃.可是,在美國買到不是當天做出的麵包,是一件很平常的事,他們並不狂好熱食,因此很多食物不是現做的,他們也並不是那麼在意,只要食物還是狀況良好的就行.

因此,我們真的很多食物都比美國的好.

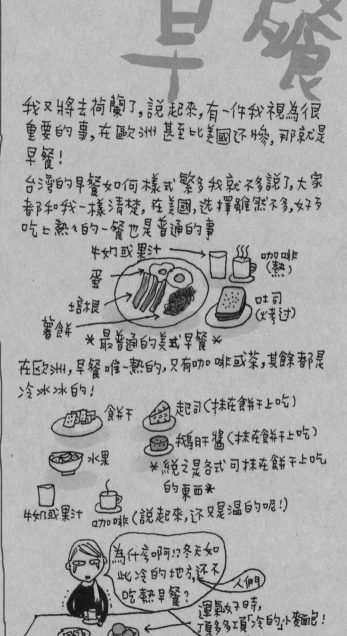

我又將去荷蘭了,說起來,有一件我視為很重要的事,在歐洲甚至比美國还慘,那就是早餐!

台灣的早餐如何樣式繁多我就不多說了,大家都和我一樣清楚,在美國,選擇雖然不多,好多吃上熱的一餐也是普通的事

牛奶或果汁 → 咖啡(熱)
蛋
培根
薯餅 吐司(烤過)
※最普通的美式早餐※

在歐洲,早餐唯一熱的,只有咖啡或茶,其餘都是冷冰冰的!

餅干　起司(抹在餅干上吃)
鵝肝醬(抹在餅干上吃)
水果　※總之是各式可抹在餅干上吃的東西※
牛奶或果汁　咖啡(說起來,还只是溫的呢!)

為什麼啊!?冬天如此冷的地方,还不吃熱早餐? 人們
運氣好時,頂多多項冷的小麵包!(至少主角是「軟」的……)

插花

荷蘭的怪樹，竟然長這樣！

這情況不只在荷蘭，事實上在挪威也差不多。我懷疑家庭主婦在歐洲很輕鬆，邊唱歌邊拿出各項冷藏食品，几秒鐘就擺好了一桌，最苦的差事又是煮咖啡罷了！

> 我想…我只要咖啡就OK了…

餅干　优格　咖啡

＊記憶中，在法國的早餐＊

上一次我去荷蘭時，下著雪，抵達飯店時已經錯過晚餐時間，所以空著肚子就睡了，隔天早上「五點」鐘就起床梳洗完畢等待早餐時間的到來。在寒冷的天氣裡，滿心期待著熱早餐，几小時後落空。我啃著冷餅干，突然覺得我鵝肝醬也不是那麼難入口，只不過，比不上一口蛋餅台灣的……

而接下來的狀況卻沒漸入佳境，我開始牙痛，每天的「冷硬」早餐讓我嚥不下；阿烈得重感冒發燒，不要說早餐了，午餐、晚餐他也都沒什麼胃口。

寒冷的冬，本該儲脂禦寒的，卻什麼也吃不太下的兩人……

終於，阿烈得也受夠了飯店除了早餐之外再也無法得到一杯熱飲，買了一台煮水器

坦白說，我對荷蘭的第一印象也只停留在那竹飯店的範圍，雖然阿烈得向我肯定，荷蘭挪威的早餐就是那竹樣子，了不起多了冷的白煮蛋，但基本上就是「冷餐」。

回想起來，過去我是沒喝咖的習慣的，而現在，早餐什麼都可以沒有，卻不能少一杯不熱咖啡，這已經是我的習慣了！

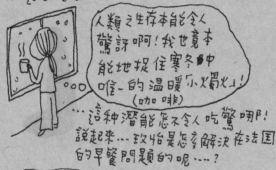

人類之生存本能令人驚訝啊！我也竟本能地捉住寒冬中唯一的溫暖小燭火！
(咖啡)

…這种潛能怎不令人吃驚哪！說起來…玫佑是怎麼解決在法国的早餐問題的呢…？

我練八段錦喝熱茶…

猜想呵呵…

搞不好現在昇級練少林武功了呢！…

話說重頭，当大家看到這一篇時，我人應該已在荷蘭，更有可能在喝著自備的熱咖啡或熱茶，……

插座及電壓都不同美規·

什麼都可以忘，上次買的煮水器絕对會跟著我…

祝大家早餐愉快囉！

★ 我是不欣賞欧洲的早餐，不过我卻很喜欢荷蘭的烹飪水平，一般而言，隨便踏入一家餐廳晚餐，你都不会吃到太糟的東西，甚至，往往都是蠻不錯的，令人驚訝的！

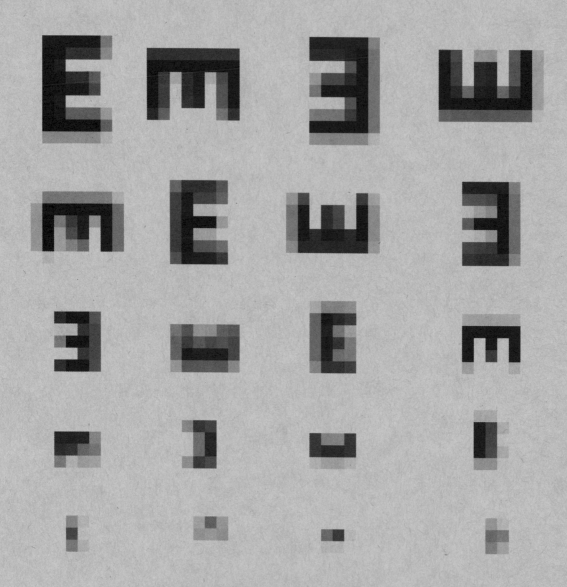

休息一下啦~

紅酒變白蘭地。

伊！

挪威人給我的感覺很像中國東北大漢一樣，幾乎人人都很會喝酒，我一直認為這可能是因為地理的關係——北方太冷了，所以要常常喝上一杯以驅除体內寒流。

阿烈得不必說，当然是很會喝，而且对和酒有関的東西充滿了興趣。

有一天，我在一本商品目錄上看到一樣東西覚得很好笑

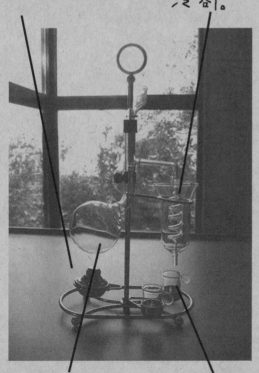

發熱

冷卻。

放入酒

白蘭地接杯。

阿烈得回到家，我迫不及待和他分享我的新發現的好笑道具，本想共同恥笑一番，沒想到

※我真的覺得美國人的包裝方式實在太「浪費」了！

好幾次我打開包裹，裡面總有一半以上的空間是塞紙或泡膠或保麗龍，要不就是空氣包，我不反對保護商品寄送中受損啦！但也沒必要塞到那麼多！

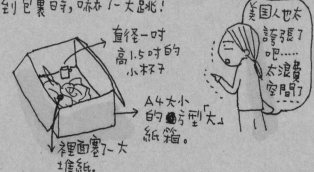

塑膠袋裡有空氣（密閉住）

通常那些東西我都会保留，所以下次寄東西給別人時可以用得上。

有一种保麗龍豆我很喜欢，它可以融於水，放在水槽泡一泡就消失了，很方便清理掉。

方於是，我竟然買了当初覺得很可笑的東西，給他当生日礼物……人生啊……

当我收到包裹時，很不幸地兩个小接杯破了一个，我將破的那个寄回更換，結果第二次收到包裹時，味味了一大跳！

直径一吋
高1.5吋的
小杯子

A4大小的長方型大紙箱。

裡面塞了一大堆紙。

美国人也太誇張了吧……太浪費空間了

有一晚，阿烈得較閒，忍不住試用起他的「点石成金机」，第一次酒精灯火力太大，很快就把紅酒煮滾而快速火暴出了！紅酒噴得到处都是，裝酒的燒瓶还火烧黑了！

啊啊！温度增高太快了！！

白蘭蒂地？少來了……

我雖不相信点石成金机，但还是好心地帮阿烈得換了一个小蠟燭代替酒精灯，阿烈得而寸心地注意著火侯，也不管蠟油流满桌，加上火烧黑的燒瓶和剩落物，桌上簡直是乱成一片，慘不忍睹！

我修好了酒精灯,再次換下蠟燭,開始收拾桌子……

短
其實只要把棉芯條弄短一点,火就不会那麼大了……(BY 阿嬸)

ちちち
乱啊

←被趕到小角落繼續等待白蘭地出現。專注得如同羅丹雕像

阿烈得名言:好東西 take time!

光陰似箭→

Hey! 試試我的白蘭地!
喔,好了呀?

哇～～～
很棒吧!?

這是什麼鬼?簡直就是喝酒精嘛!太烈了!

就這樣,阿烈得还是深愛著他的白蘭地机器,我則覺得与其喝酒精,还不如好好喝一杯現成的紅酒……

這机器
★ 果然,阿烈得用过一次後就没再用了。就是嘛!誰要那麼閒去自己提煉酒精?
我也没後悔買這个当礼物,因為要送大王東西很難,他其實也不太缺什麼,而他沒有的,我通常也送不起…

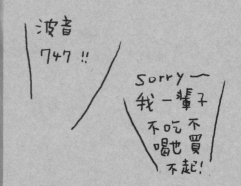

波音747!!

Sorry─我一輩子不吃不喝也買不起!

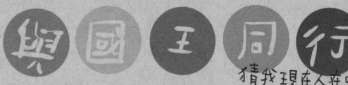

與國王同行

猜我現在人在哪兒? HYATT飯店。

說來今天真是令人疲憊的一天, 而這一週, 真是多事之週. 星期二, 西雅圖下了大雪, 我自己本人也經歷了車子打滑在雪地的驚險, 所幸, 一切平安。星期三, 我还在夢鄉中就被電鈴吵醒, 一个工人說:

在HYATT寫這一篇...
但我当時心情蠻怒的:

❶ 為什麼我家老是停电?

❷ 為什麼與其來住飯店, 大王不去找相關單位徹底地溝通, 請他們解決這个問題!

> 我只是來告訴你, 你家沒水了, 你老公通知我來關掉總開關的!

什么!?

他瘋了嗎?

我正在撥打电話, 要兴師問罪時, 就從門外看到阿烈得的車子開回來了, 还帶著麥当勞早餐。

> 早上出門時, 看到屋外水一直在流, 大概是水管凍破了, 所以叫人來停水先...
> 別煩了, 總比停电好吧?!

> 我的天啊啊....為什么我們的問題这么多?

我才在自我安慰, 停水比停电好, 没想到一小時

之後,連電也停了!

我是不是烏鴉嘴啊啊⋯⋯?

◎ 在被窩取暖的二人,因為沒電,暖氣当然斷了,雖是大白天,除了保暖也無事可做⋯⋯

沒水⋯⋯沒電⋯⋯我連去上廁所都不敢⋯⋯

我來大姨媽啊⋯⋯不能沖水的廁所我怎麼敢自由地上⋯⋯

也不知以過了多久,修水管的工人來了,檢查了狀況,發現只有一小段破裂,而那一小段只是通往車庫的水籠頭,所以,在閉關了那段水源而沒修復水管的狀況下(工人說現在不是修的好季節),短短前後三分鐘,竟然要價一佰六美金!!

天啊⋯⋯為何我不是真正的阿嬤⋯⋯

拜託!至少現在可以用水了啊!

只有車庫沒水,不过那很OK,現在又不洗車!

因為沒電,所以也沒電視,我們也不知道究竟發生什麼事而停電,还会停多久?大王兒是去買了柴火在壁爐生了大火,还不忘買一隻暖呼呼的火考全雞。我們擠在火爐前吃雞,突然我想起,我們事實上可以上網。

※ 其实現在想々,我当時也真是想不開!
I mean,「住飯店寫作」也一直是我的夢想啊!結果它在不知不覚中實現了,但我当時竟只顧生氣!
大概是因為大姨媽真的來了⋯⋯

對了！上次停電後，我有把你的手提電腦電池拿去充了…
電話線反正有通…

十月層！這本業就可上網了！

◎國王阿烈得雖已裝了 cable 的 internet，可是為了可以國際漫游，还是又另外申請了一个撥接的帳戶，每月都付双份帳單。

我以為，阿烈得上網是要去查為何停電，只不料，当他回到火爐前宣告訴我：

查到飯店預約電話了！我們去住飯店吧！

飯．店！？

雞腿→

◎前往飯店途中……

可不是嗎？連飯店都給我优惠的價格！

你真像个國王……

← 指生活方式，個性。

……算了……

＊前几天，又停電了。這回連阿烈得也火了，他跑去我們這一帶「永遠有電」的 CITY HALL 門口 吐口水。

↓

真的唾液啦！不是「抱怨」，裡面的人早都下班了（电灯卻还亮著）！

雖然我覺得這么做很幼稚沒水準，不过，我内心其實很痛快。說过了，為了突然斷電我們花了多少錢修復空調等，重足是，停電之頻繁实在讓人忍無可忍了！為什么同一区的 CITY HALL 永遠有電？不合理，沒道理！

被咀咒的机位

我也有最喜欢的航空公司喔！——SAS——飛歐洲的。

我喜欢SAS的原因不僅是他們座位安置啦，最大的原因是他們飛机安置兩架攝影机，一架往前照，一架向下拍，每个乘客都可利用自己座位前的螢幕观看机外的景观——如此一來，你坐不坐靠窗根本没差！

而且他們的座椅有眼鏡架——你要休息可以將眼鏡放在那兒。他們的杯架也可獨立於桌子之外，你不必打開一整个桌子來放一杯飲料！

那是我看过最貼心的飛机.

說起來，我因為不喜欢湊熱鬧，所以也從來不曾在過年過節那种時刻出國，不過，去年因為阿烈得之故，我們在聖誕節後一天就出發去荷蘭，並且趕在除夕前回西雅圖。而因為是臨時決定的，机票是買到了，卻没事先劃到好位子，尤其是回程時，那机位簡直是糟糕之至，雖然，我們一開始都没意識到：

※ DC-10型的飛机。

窗 | K J | 走道 | H G F E D | 走道 | B A | 窗

這兩个是我們的座位。因為班机爆滿，並無多餘位子可換或挪用。

怎麼会有个人把飛机設計成這樣!?

又，怎麼会有航空公司用这型飛机來飛12小時以上的國際航線？實在太不人性了!!

坐進座位F的阿烈得，不到十分鐘就發難了：

小...小聲點...雖然那人不是我...

天啊！我受不了了！有人放屁！有人一直在放屁!!

等飛机一起飛，阿烈得就再也受不了了，離座而去。

※

去年，SARS期間，我從台北回西雅圖，一路上都戴著口罩，這才發現，其實在飛机上戴口罩蠻舒服的，因為它解決了我鼻孔痛（乾到痛）的問題，我一向搭飛机鼻孔都会很不舒服。

※

雖然SARS現在已經沒那麼恐慌了，不过，每次搭飛机我还是好想戴口罩喔…就怕引起不必要的誤会…

對不起！
借过！
真輕巧的动作啊！
（讚嘆）

不用急成這樣吧…
我可以起來的…

咻

阿烈得一消失後，好心第一名的我，自动往內移到F的座位，雖然我也很不想被夾在中間，可是好多我体積較小，应該还可以勉強……

沒想到，自此，我陷入了恐怖的地獄。

好睏的我，先是渾渾噩噩睡了一陣子，只是天下奇蹟似的，太冷天、高空中，我竟被熱到醒过來!!

你有沒有覺得很熱？

不会啊……
心情好多了。

我心情惶惶地四處張望，這才看清，我一个女生，左兩个，右兩个，前後各一个，夾在一堆高体溫男人的正中間！這也就罷了，在我試图將外套脫下來時，發現連一点空間都沒有，左右兩个把手都是別人在使用（雖然右边是阿烈得），左右兩边都是腿長到必須佔用客額外空間的大漢！我一个人客客氣氣縮在正中間，連鞋子都踢不掉，外套都脫不了，忍了好几个小時，我，終於發瘋了!!!

夏衰……坐在一對瘋十嗚黨旁……

我文靜保守地狂野吶喊了一陣子，除了阿烈得口頭安慰几句，一切也沒改變。身高約一九〇，体重約百的阿烈得，再怎麼練縮骨功也是有限；另一迢緊佔E座位的男人，目測身高超過一九〇，体重姓名不詳的放屁嫌疑犯，再怎麼想化身為小矮人也是不可得。

倒是從經驗中學習的H座男，這回在我一起身，他就立刻讓出走道讓我走向廁所喘氣，坦白說，這一生再也沒有一刻覺得飛机上的廁所竟然那麼大！那麼舒適！

回到座位後，一千個念頭在我腦中重覆又重覆地翻轉，其中我不認識的飛机內部設計者被我反覆暗暗咒罵了至少100次，X北航空也被我暗咒了有五十次，我靠著思索九百九十八种發瘋用的語語度過這段趟地獄。無法想像，像我這麼不常抱怨的人，也可以被逼到這种程度，我暗下決心，絕不再搭中間設計五个座位的飛机！DC-10，波音777，我記住了！

最後讓我在一片痛苦憤恨中，感謝H座男，在飛机停站後的第一時間，讓我先脫離被咀咒的下座位！

＊為了了解那天我究竟是搭了那一型的飛机，我寫這篇文章時还上網做了一番功課，了解一下客机型号及其內部備置。

我發現我那日搭的是邁道DC-10的飛机，不过同時也發現波音777的內置也是一樣的。資訊上顯示波音777是一架完全由電腦設計出的飛机。不知道是否也包括了內部的設計？如果是，電腦果然不太有人性。

深夜訪客。

不負責英語教室:
浣熊
raccoon
賴 控一ㄥ
↓
台語

前几天深夜，我們毫無預計地用麵包招待了一對來訪的夫妻。
还記得我曾說過，我一ケ人在家時，曾聽到屋外有怪聲，卻從未敢去「探看究竟」嗎？這一回，我們親眼看到了，事实上是阿烈得發現的！
某一晚，阿烈得又坐在電腦前跑他的「股票」程式（外國人也有算「明牌」那一套喔!），我身尚在沙發上看電視看到目垂著，突然間，阿烈得跑來把我挖起来！

嘿! 醒醒醒!!
看我發現了什夌!

…什夌呀呵…?
找到大明牌了嗎？
我没兴趣啦…

阿烈得硬是把我從沙發裡挖了出来，我睡眼迷濛地被帶到廚房落地窗旁，定睛一看，味赤了一跳！

浣熊⋯⋯？
⋯⋯兩隻？⋯⋯

不会是你要送我的礼物？
⋯⋯还買一送一???

不是啊！神奇吧!?

牠們还不怕人吧！
看到我也不会走！

哈⋯⋯浣熊吧⋯⋯

接下來
是什麼⋯

← 一片空白。

那二隻浣熊在我屋外的架子上「翻箱倒櫃」，弄出一大堆噪音，連松鼠不知何時偷藏的「私房花生」都被牠們給扒出來了，把我和阿烈得嚇一跳，原來松鼠這麼富有！不過由於浣熊比較大隻，花生雖看得到，卻攝不著！

把這半條麵包給牠們吧？
前几天，下雪吧⋯⋯

这樣好嗎???

好吧——不过別靠太近吧？

※因為光線不是那麼足，所以相机反应很慢，加上浣熊走來走去，第二隻始終只捕到殘影。

※這一隻比較没乱動⋯

於是小浣和小熊叼了麵包,就往樹林中走去……渾圓的体型,令人印象深刻。

？

妳沒事呢?

原來,半夜屋外怪声都是牠們制造的……池塘植物也都是牠們啃光的……一切的謎,都解開了!——我是金田喵……

一切,就像夢一樣,三更半夜看到浣熊,我突然也有种幻觉。

透出我家廚房的灯光,好像动物們的24小時便利商店……

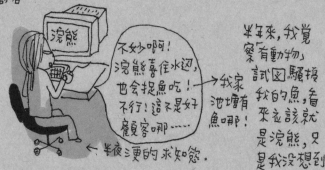

浣熊

不妙啊啊!浣熊喜住水辺,也会捉魚吃!不行!這不是好顧客啊……

→我家池塘有魚啊!

←半夜三更的求知慾。

半年來,我覺察有動物,試图驅揚我的魚,看來这該就是浣熊,只是我没想到

会有兩隻,雖然牠們從没成功捉到半條魚,可是我放心不下。小浣,小熊,對不起了,不能餵養你們……

[註] 浣熊一旦習慣餵養,令一直舊地重游,而且找不到食物会發瘋,網路上看來的。

※ 網站上还說,要是不小心被浣熊咬到就麻煩大了,不只你麻煩,浣熊也麻煩,相關單位必須找到那隻咬你的浣熊,必要時附近的所有浣熊都要抓來——驗…

（美國網站）

※ 浣熊為什麼要叫浣熊呢?

因為牠們喜歡把食物放在水裡洗一洗再吃.(所以牠們喜歡住在水源附近)----那動作很像在水裡浣東西,所以叫浣熊.

（台灣網站）

花現。

堅持長髮的男子。

阿烈得最要好的朋友在挪威，当然也是个挪威人，他的名字叫達金。達金和阿烈得認識的方式並不特別——達金是阿烈得年輕時的女友的無血緣堂兄，他們因此而相識。特別的是，女友早吹了十多年了，兩个男人的友誼卻留下來了！

達金的特別处很多，包括英文說得不好（挪威除了老一輩的，很少有人英文不好）；況且此人還是个西洋音樂迷，讨耳的歌曲不可數，可以不吃飯，不能不買CD最令人印象難忘的，是他那熱愛搖滾的外表，尤其是他年輕時，堅持留的一頭長髮。

話說挪威人，也是有当兵的義務的，雖然入伍的時間没台灣的長，但也是要理髮的。

我可是警告你们喔！頭髮是我的命！誰敢給我乱理我見上一生也会糾纏他到底的！

怎麼辦？

別問我……我怎知？

※ 如果和我說他正在灌95%的酒精，我也不会驚訝。

阿烈得的好友達金年輕時。

達金展開的護髮行動，在西方世界的軍裡，也是無人有法，理髮是規定，但規定卻又不是完全無人权的，好不容易，長官們同意，此人是「愛漂亮」的，

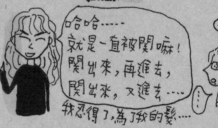

※
我想阿烈得会和達金成為好友有許多重大原因。

第一，他們都愛好音樂。我在達金家聽了不少挪威音樂都很棒，可惜都是絕版品了，加上我不懂挪威語，也不能真正推薦什麼。

第二，他們都很瘋。可以喝一整夜的酒，聊天，吵鬧…

第三，達金粗中有細，心腸很好，也從來不会对阿烈得过去的女友有非份行為。是个義氣之人。

第四，他們都很幽默，也喜欢幽默。

女特別核發了一筆「理髮費」，准他到附近的大都市，找一个高明的髮型設計師「造型理髮」。

達金於是領了錢，出發去了附近最大的城市，找了一間咖啡店，悠哉地享受了一天公假，直到錢花完了，又長髮回去。

啊呵……啊呵……

我有答应要剪嗎？

雖没人知道狀況，不过他仍長髮退伍是事實，没人知道他怎么辦到的，但他就是辦到了。

哈哈……就是一直被關嘛！關出來，再進去，關出來，又進去……

我忍得了，為了我的髮……

……

没人想追究軍為何出現這种弊端，只覺得十分佩服……

另外，達金的朋友義氣無人能敵，因為阿烈得畢業一年後就進入愛爾蘭的微軟，同時也從挪威搬到愛爾蘭，達金為了去看阿烈得少買了很多CD,(這很了不得了！)同時，因為英文不好，在机場裡不小心闖入了禁区，加上一付長髮狂野樣，立刻被警察捉住，当成恐怖份子，盤問了一整天，最後还錯過轉机的飛机，莫怪乎，阿烈得看到他時，眼淚都要流出來，也永生難忘。

我第一次見到達金時，他已經是短髮了，雖然高長細瘦的樣子，輪廓深刻的五官，能仍感覺出那狂野的影子，連我都被他散發出的魄力嚇乘到了，不過，如果你和他相處愈久，你就愈能發現這个人對朋友細緻的溫暖，你甚至不會有困難地立刻發現他非常好笑、有趣。

※ 由左至右：夏絲蒂（達金的太太了），達金，阿烈得。
好友相聚，不喝几杯怎麼行!?

我知道結婚後男人会改变，但不包括懷罕孕吧？

美國科技真的有那隊進步喔？

哈… 噗—

對，我还先上車後補票，怎樣？

大肚

第二次見到他，連他也結婚了……

沒辦法啊，她要我決定，要嘛就結婚，要嘛就分手

哈哈哈

不过我不是沒有選擇权，我可以選哪一天（結）！

來來來—看這裡…

右迈的，別只顧喝呵！

我很欣賞阿烈得和達金的情誼，不論多久沒見面，不論相隔多遙遠，我知道，他們永遠会是好朋友，隔著海，也会遙遙互相乾杯！

回家。

*這裡我非說不可,我覺得我弟波士頓之行賺到了,你絕対無法相信他從波士頓扛了多少東西回台,飯店每天的洗髮精、肥皂(他說他很喜欢美國飯店裡的肥皂,其實我也覺得不錯用。)等日用品也就罷了,免費的資訊、地图、甚至雜誌他一項也沒放过。恐怖的AOL「免費」上網CD他还会放过嗎?(感謝天!他住的飯店本來就有免費的網路可用!)總之,舉凡可以拿的,就算沒用处他也拿回家了,很令人吃驚,撿破爛的也不过如此。

今年過年,老早以前我就決定好,要不,就是把媽媽及弟弟接到西雅图來,要不,就是我回家。

好冷酷的一對家人 → 面對免費出國也無动於衷。

說起來,我家人真是奇怪,我媽一天到晚看旅遊頻道,「欣賞」世界各地之風光,卻對真正出國不感興趣;我弟去年來了一趟波士頓,對美國毫無好印象(大概是東西太貴,違抗了他小氣之心)。總之,我喊了二、三年的「來美國看我!」,没人真正在心裡考慮過三秒!

也許因為我家一向都是這个樣子,所以在我的價值觀裡,「虛名富貴」也真的不是什麼值得希罕的事。

好吧!我回去.雖然,我也是有松鼠要餵……
西雅图到台灣,有直航的班机,所以目前為止,我也從没搭过這家航空公司以外的航線,唯一的不方便是,長X航空由西雅图起飛的時間永遠是在三、四奌這种大清早,或說半夜也可以。每回阿烈得送我去机場,總是在我們最疲倦的時候,也因此,我常要他直接回家,不必在机場等我、送我了。

不過那一天，我們吵了一架。

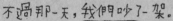

你自己説要先小睡一下的，卻还搞了一整晚庄那兒研究股票！……連該給我的紅包也忘光光！告訴你：我自己拿了！一從我家人以前包給你的台幣紅包！反正你用不上！

搞什麼!? 我今天就走了吧!?

對不起……

我這人講求平等，所以也不会忘記他及他家人的聖誕礼物，也要求中國新年他不能忘記紅包，金额是多少不重要。

不知怎麼的，回想起那一天，我就又想做這个春联个。

因為這一架，阿烈得自己心中暗下決定——至少要陪我到劃完位，進入安全檢查前。不過，他非常不喜過年回家之盛況，他沒見過，其實我也沒見過，實庄太誇張了！

X ← 劃位櫃台（不現）

不会吧!? 我提早三小時來，还排最後!?

不是我誇→大其詞，每个人或家庭，都有超過他們絕体積2倍以上的行李或箱子，看起來就是人人都庄搬家，我敢說，我是整班机行李最正常卻最可笑的——只有一个最小的手拖行李箱。

發生了什麼事!? 大家都要搬家嗎？

戰爭了?!

因為每个人都非常明顯地超帶#行李,所以整行隊伍之速度以乎沒有前進的速度前進,別說阿烈得這种平常狀況都不太能忍受的人,連我看了都要發瘋,並強烈懷疑這飛机怎麼有可能載上這麼多東西!?我不會死於飛机超重失事吧?

我想長X航空当日的櫃台人員都很想頒給我一个獎牌,我想我是当天佔用最少時間及最少空間的乘客。

其實,我才想頒獎給你,你真的是很不麻煩的亞洲人……
← 大悟大澈。

哪裡!你今天也辛苦了,竟然沒發瘋陪我到最後……
↑因為太誇張,發瘋也沒用,嚇呆了。

不用說,坐經濟艙到達中正机場的我,是所有乘客中第一个步出机場大門的,因為,我可沒有無止盡的行李要領。平安回到台灣雖很高兴,我还是很好奇,究竟大家的那堆山似的軍行李,是怎麼上飛机的,或者,它們真的全上了飛机了嗎?

拜託!才回來几天幹麻行李那麼多啊!?

多?!我…

※ 這一次的回家,坦白說後遺症不少,以至於我回到西雅圖後好几天都只想回台灣。

不是這一次我停留得特別久(和往常一樣只有10天左右),也不是因為父親沒了。是因為新年的緣故。

过年嘛!媽々不必工作,弟々不用上班,連姊姊都可以回來,每天,都可以耗在一起,愉快地吃吃喝喝不必管明天要做什麼或要早起。

好几年了,都沒享受這种愉快的家庭生活了,坦白說,那是一个阿烈得也進不來的世界。不过,一切都只因是过年。若平常,也不会是這种氣氛。

喝茶。

說來也好笑，我並不是一个真正講究喝茶的人，卻在西雅圖受盡找茶具之麻煩！

我本來很簡單，只有用馬克杯偶爾泡泡茶包……

←这种

後來因為燒開水都要搞很久，我又買了一个燒開水的壺（不是保溫瓶喔！），再後來，又在IKEA的殺批品区（不知台灣IKEA有沒有？）用2元買了一組像辦家家酒的茶具。

←茶具很小，茶壺大約只有一个量米杯的容量，我是為了下面的小茶盤買的！

我用它泡过二次茶，每次都只喝得到半个量米杯的量，簡直自找麻煩。好笑的是，我居然还会為了那半米杯的茶，特地去買一个專用茶杯！（原本附的那四个茶杯真的是家酒用的，一杯一口不到！）

它&它

↑
日式，茶下去也只有七分滿。

剛開始还覺頗新鮮，久了就煩了，一直要沖茶（包），又喝不到几口，还要不斷再聲动燒水器，真的只能殺時間時玩。

去！喝不到二口！我神経痛……

再來是有一回，和阿烈得去買鍋碗瓢盆盆，意外看到
一ケ落單的日式方型骨瓷茶壺，因為受不了我的mini
茶壺，再加那ケ方茶壺又落單所以便宜賣（茶杯都
沒了），所以我就買了，結果回到家，我的茶具們
全不配……有一組的不實用，沒一組的貌神全離。

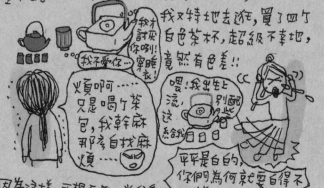

我才討厭你咧！穿睡衣！
我不愛你～

煩啊阿……
只是喝ケ茶
包，我幹麻
那麼自找麻
煩……

喂！我先生と
別流，這
給我

我又特地去逛，買了四ケ
白色茶杯，超級不幸地，
竟然有色差!!

平平是白的，
你們為何就要白得不
一樣啊!?

因為這樣，可想而知，当我看
到「TEA FOR ONE」的時候，立刻
就買了，並相信它總不会再有問題了吧？

上面是茶壺。
↑↓
下面是茶杯。

TEA FOR ONE

結果

茶冷得
太快了！
噗！
←因為杯
口太大，根
本一下就涼
掉了!!

最後是 TEA FOR ½ 和穿睡衣的勉強結婚了……
……
我其實一直还忠實於喝茶
包的，今年過年姊夫竟送我
「高級茶葉」礼盒」，連我

媽都給我一些決明子等藥材泡，回到西雅

图,我的茶具又不對了!

喂!飯也不要溢出來啊!!

也不要堵住出水口!!

有什麼泡什麼的人.

* 看久了,也不是太糟...

再加上, Vivian一直告訴我保溫瓶多值得又多便利,這,我也知道,可是比較貴,一直捨不得買.不過當日在vivian「在西雅图过得如魚得水」的效法心下,我終於也買了.

好了!有了隨時有熱水的保溫瓶、有了高級茶葉礼盒,我立刻就想一鼓作氣再買一个更專業便利一点的茶具,想來想去,適合我這懶人用,又不必考慮杯壺配對的就只有这种茶杯了:

←杯蓋.

←濾茶葉杯心.

←杯子.

我們向一家賣日式杯盤的店走去,唯一找到有杯心的卻長得很醜:

狸猫

不....謝...再聯絡...

又隔了數天,我特別和阿烈得再跑去另一家商店看:

太極

美國人的品味都这麼怪嗎?

下不了手啊!

太極不錯啊就那个吧!

註:來到美國的亞洲商店或餐廳都会隨當地狀況調整口味或進貨商品.

不,我没買太極的,我忍痛買了它旁边那个不知是什麼圖案的......哎!喝茶去了......

* 這裡的小茶杯是從台带來的.

HOME SHOW

西雅圖一年一度的 HOME SHOW 又來了。
雖然我和阿烈得每年都在提,卻沒有一年真正
去看過。

什麼鬼啊?
重死了,老子
不要了!!

拜託,去IKEA
都会生氣了,別
說 HOME SHOW
了⋯⋯

況且,剛好遇上我大
姨媽來,我也不是多舒
服,所以我其實也不是
覺得非去不可。不過,我
愈是不想去,結果總是
相反,阿烈得竟然要
去!!

好吧⋯⋯我估計,以他的耐心,我們大概勉強逛个
一小時我就可以回來休息了,就可乘興而去敗興而
歸了。

就這玩夏
(竟兒)

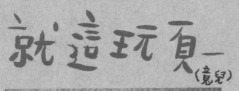

又然叩試々

那个不錯,正是
我須要的!

電磁波按摩器?

是的,HOME SHOW 展
覽会很大,勉強搭上
「HOME」的主題的東
西都有在賣,包括這
个我懷疑在台灣半
四台有廣告过的「點
片針灸按摩器」。

阿烈得試用了後,不但精氣神十足,当場買下一組,竟
然还連原先我們說好的「不必每个攤位都看」的协
議都置之不理了。

接下來,阿烈得又買了「神力剪」。一庭院工具。

雖說HOME SHOW 有很多神奇的東西,可是我覺得價格實在也不便宜,阿烈得隨便就花了一萬多台幣,而我什麼也買不下手。

还只是買些小東西,

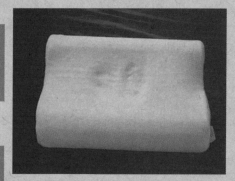

我們其實早就逛过枕頭了，而且还是在最開始的地方，整个HOME SHOW的展覽館很大，我實在不相信走到ㄌ尾聲的阿烈得会願意往回走，這也是不願意枯錢的貪窮的我的賭注。

可是，讓我來做神奇針灸按摩器的見證人吧！它的確實有增進夫妻生活圓滿的功效！！

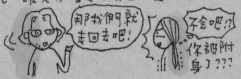

沒个我們展覽会特價89元…卡 保證你今晚睡很很好

$89 \times 2个 \times 35$ = 台幣6仟多 太貴了啊啊…

大打擊之一

我以為，HOME SHOW之旅在大打擊後就該結束了…… 不……。讓我再為神奇針灸按摩器做一次見證，它，讓你的男人更關心你！！！

嗨，你賣我的按摩器治不治月經痛？ 反正又回來了，不問白不問…

那女人月經痛ロ我 試用者 大打擊之二

回家後，也許是太累，也許是打擊太大，也許是身份不配昂貴枕頭，我得了流行感冒病倒了，至今还未痊癒。

老闆一 我覺得枕頭 有夫 硬耶

南部陳

要我去搶…

蒙娜丽莎的憂心。

我不知道我的處境是幸運还是不幸?

一个没有計劃移民的人,偶爾因為生命中的机遇,來到異鄉開始了另一段生命。於是我,將這部份的神經放得很大條,不去追究自己到底喜不喜欢,以「行萬里路讀萬卷書」的始終偏好的心態來取代思考該怎麼面对移民的問題。

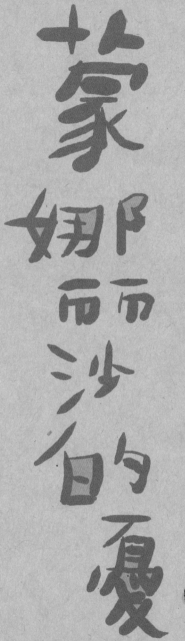

簡单說,
我只是愛到处看,但台灣是我承認的家!

所以→

好北己好北己……又要看台灣新聞又得了解美国NEWS

※一天通常這樣就过了——胡說

我天天看台灣新聞是真的,因為再如何貪玩的我,我對家是掛懷於心的,我也不認為以我这个年紀才來国外定居,能真正做到对「家」重新的認同。我能夠沒怨尤地待在國外,我已經給自己打一百分;我能分清楚我的認同,同時尊重國外這片土地為人民繼續供給我養份,對二者持質正面而不衝突的態度,我已經頒給自己金牌而以人羡嘆屬了!

最近我的家要選舉了,鬧得一片亂,連屋頂都要掀掉了,看的我煩惱無比,憂心無比。

鷸蚌爭得你死我活,完全顧不得,也管不了一旁待收成的漁翁。

喂!好別多管閒事壞了我的好處!!

漁翁

我哪有在等什?……
我只是优雅地坐在這裡,不行啊?…

泾藍也好.泾綠也好,似乎將台灣人民明顯地分成兩半,敢我今明到忘記真正的漁翁危机。

本來光是比較中國與台灣,台灣就已經是處於弱勢了,現在這弱勢再切一半,我几乎在量眩中看到漁翁美麗的微笑。

當我在放屁吧...
如果我還能解釋
什麼
讓我說得非常清
楚而簡單
我不恨中國
我也不是一定要
台灣獨立
只要我能生活在
民主自由的國家
繼續擁有這些基
本保障和人權
我沒堅持台灣一
定要怎樣
但你不要用武器
對著我
還要強迫我認同
你所定義的自由
才是自由

在國外，我最以台灣人為傲的是，我們台灣人來到國外，
几乎很容易認同別人比我們高明的地方，我們台灣
人從來不堅持自己最好，不管大家各自如此表現的理由
是什麼，我都覺得至少我們看得到事實，也很樂意接受
外來事物。

但在國外，彼岸中國人最讓我驚訝的是，無論他們各自
在國外生活了有多少年，住二十年的和才來二年的都一樣，
對中國的忠心沒有絲毫減少，也充滿了大國子民的驕
傲，並不真心認為他國有多好，這种信仰，我很佩服。
彼岸中國人很少有第二種声音，這种「強大」讓我心驚。

難道，事實
證明獨
裁比民主
更有向心
力？更團結？

号稱称代代相傳五千年的中國文
化、中國人，難道有比民主建國二
百年的美國人更強大或过得更好
嗎？

看得到事實的
台灣人，你看得
到事實！

I'm so cute!

食客A

民主，允許有不同的意見，不同的理念，各人可為各人的理
想而主張，並尋求支持者。這是我在台灣看到的，当然在美國
也看到了。

不过，結合各种不同黨派、不同意見团結一致的那个「最後
底線」，我在美國人身上看到了，沒在台灣人身上看到。

什麼是那个「最後底線」呢？我的观察，就是对自己國家的
愛護和認同。什麼都可爭、可吵，但最終，維持國家安全最
重要。我甚至感覺美國人，為了那个最後底線可以在最後
一刻，人人都放下不同的堅持，以國家領袖的意志為共識，
以這共識一致對外。

這感覺，你可以在九一一後美國出兵捉拿賓拉登看得到，你可
以在美國以反恐名義揮軍伊拉克看得到。不要以為美國沒
有反戰的人，反戰的黨派。美國对國際發出統一的解釋与
声音，全体很一致而团結，這是重點。

布希会不会再連任，才是大家不同意見的發揮处。

簡直和我一樣
优雅...

台灣人的那个「共同底線」在哪兒？身為台灣人的我也不知道。因為我非常清楚主權的定位，我們台灣人連共識都沒有。是一边一國、还是一个中國、中華民國，我們都还沒共同的想法。等於。

我想唯一勉強的共識应該可說是「不要改變現狀」吧？可是這个共識沒有主体，再如何堅持也只是困惑，不是解脫。不会形成強而有力的「傳家寶」。

你買它，只是想阻止改變，減緩老化，絕不是你真的相信九十歲的人的皮膚從20歲以後就沒變过。不会老化也不会死。

「不改變現狀」是安慰人的乳液，或遲或早，你还是要面对自己，是接受自己会變老，但卻因智慧增長而更美麗呢？还是不滿意自己，十年一次拉皮手術？無論哪一个，你遲早都得選擇，愈是遲疑，衝突、困惑和乱相就会愈多愈大，愈讓你不得安寧。政黨惡鬥的乱相，前撲後繼地要賣東西給你，要攻擊別人的商品，你因而也有責任。

換乳液不換你自己，「不換你自己」应該就是那个底線吧！可是你是誰？我們是誰？我們有共同的答案了嗎？

工厂時間
HELLO！這是愛死K兔，有了這瓶，你的皮膚不再老化，永遠不会改變現狀……

喂！快戰一戰，快死一死啦！反正不論誰是勝利者，我簡單地取下它就是！就怕你們一起想辦法，互助逃走了！

漁網。「和平無声的飛彈象徵。」

拜託快团結吧！別讓「漁夫的微笑」取代我的地位啊……

看病了。

好吧，既然我那麼会生病，那就讓我來介紹一下國外的医院吧⋯⋯

我在西雅图看过几次病，每次都由阿烈得帶我去医院，大概是國外的医院真的長得很不一樣，我一直以為阿烈得帶我去的都只是「小診所」，其實，我才根本沒去过診所呢！

往這走。

哦⋯好⋯

精神很差，
← 根本沒在看。

在國外看病，就像我們在台灣掛号一樣，這裡是先打電話預約，然後依約好的時間到達医院。

我会把医院說当診所，是因為，這裡的医院「隱私」做得太好了，隔間隔得太多了，你根本看不到病人四处走動的画面。

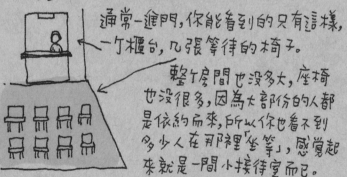

通常一進門，你能看到的只有這樣，一个櫃台，几張等待的椅子。

整个房間也沒多大，座椅也沒很多，因為大部份的人都是依約而來，所以你也看不到多少人在那裡「苦等」，感覺起來就是一間小接待宣而已。

在櫃台報到後，沒來過者填資料，有來過者報姓名，確定了預約後，会被安排到另一間小小的房間等医生，一樣的，沿途你也看不到什麼別的病人，就只是走道罷了。

• 小房間基本的樣子。

← (比一般家庭浴室大不了多少。)

◎ 重點是，這裡像介美容按摩隔間…。

→ 病人通常被要求坐在這裡。

通常護士 (不見得穿制服、戴帽子) 会先進來幫你量血壓、体溫，並問主要病狀。

好不容易医生登場了，基本上也就是問些病狀，有無哪些過敏藥物、過敏症狀，大概看一看，就是這樣，沒花多少時間就又離去。　稍微解釋一下你的病。

然後，你領了医生開的处方箋，回家。完全看不到什麼病人，你会以為整个医院大約只有那麼一桌面積。你甚至不覺得那像医院。

有了医生的处方箋，你就可以去任何一家超市、藥局買藥…

這就是為何多年來，我都以為我去的是診所，而不是医院。如果不是去年阿烈得開刀，我才有机会看到医院的「後宮」，我真的还不知医院長什麼樣子呢!

原來一切都是隔間的原因!

✕ 對啦，我以前都不覺得自己会對什麼過敏，因為從來沒發生过不適的症狀。結果有一天，我在「務農」的時候，噴嚏打不停，还一直流鼻水，「七孔」極不舒服，又不似感冒!

後來愛琳有次提及她後天有植物過敏，她也是做了好一陣子園藝才發現原來她会過敏。

因此，我強烈懷疑自己也是這樣的案例。但，說出來誰会相信?

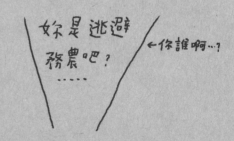

妳是逃避務農吧?
……

←你誰啊…?

通常急診及住院病房都被隔在另一区，閒雜人沒事是不能闖入的，急診処当然也有我們一般在电視电影看到的那种大門，病人急急地被推進医院：

不同的是，這裡的門只供超急診状態出入，一般病人不可從這裡出入的，一般自行開車來急診的，走的是另一个門。

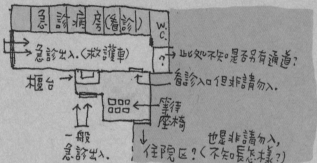

急診病房(看診)　　W.C.
急診出入(救護車)　　　此処不知是否另有通道？
櫃台→　　　　　　　看診入口但非請勿入。
　　　　品品　　肇律座椅
一般　　　　　　也是非請勿入，
急診出入。　　住院区？(不知怎麼樣？)

所以呢，一般人能瞧見的区域，还是只有上图黃色的那一区，最多再加上綠色中的一小間病房或看診房，而且，即使是在這裡，你也很難輕易看到別的病人，莫怪怎乎，我所知道的医院都是「小小的」，「沒什麼人」。

还有啊，事實上我很不解，為什麼你的医生看我的感冒，又看你的氣喘，还看你的心理，他到底是哪一科？看什麼的啊？

什麼都看？？

大概就是家庭医生的系統吧？我不清楚…我不是美国人呢……

＊ 話説，大王还沒割扁桃腺以前，每次出國必發燒。有一回是在奧斯陸的飯店裡，他病到自己説要看医生，於是打电話給妹妹，妹婿推荐了一位「到府服務」的家庭医生。医生於是提著「医生包」來飯店為阿烈得看病。医生走後，我和阿烈得充滿激賞。医生医術如何不是太清楚，不过他那个高貴的樣子，活脱脱像是從阿嘉沙·克丽絲堤塑造的古典上流的世界裡走出來的。

当然，「服務費」也是很高貴…

WEBCAM

自從有了high speed internet後，上網果然快很多，
於是我終於也裝了web cam了！

買這个？你該不会是要和BOYS聊天吧？
疑心丈夫
我弟如果是女的我也沒話說！
奇怪了！這人到底是不是做电腦相關工作的？怎么对电腦配備這么沒兴趣？

我裝置完畢当然就迫不及待要測試了，不过！还沒和任何人交談前，我就発現我的web cam因為向光，而我坐的位置背光，所以画面是黑々一片，勉強只能看到我像神秘賭神般的外輪廓線，所以：

抽屜拉出來放鍵盤，本人可真是克難！
还要打灯光！Webcam可真有深度！
我喜欢一

然後，灯光美、氣氛佳，我立刻打了長途电話要遠在台灣的弟弟立刻上網，測試我的web cam！

妳很煩吧！
不爽的弟弟

結果，很失望地，我的webcam才裝好，我弟弟那边的cam竟然壞了！不过通話品質

※ 這个洞阿烈得当然知道，由於門關上後什麼都看不見，他也没説什麼。

他不知道的是，我連桌面也挖了一个(要不然線怎麼过去?)，而且桌面上那个还挖得很醜...所以我都用喇叭遮住，並且死也不换超小超薄的喇叭。

異常地好，我雖看不到他，但他看得到我，而且我們可以直接对談不必再打字! 我高兴死了! 因為一直用一指神功打字的我，可以説速度慢又常有狀况! (不知怎的，有時竟不能打中文! 我得先打在 Word Pad 再貼上去，真把我這白痴吃死了!)

測試成功後，我还把我媽也従店裡拉到电腦前狂衰了一陣! 終於他們都覺得我很無聊，不再理我了! 正在此時，又恰巧看到玫怡上線，我知道她有也早有 webcam，於是又黏上她了!

掃头。

我剛従法國回來，webcam还没裝上去……(打字)

那妳打字我這樣自言自語感覺好奇怪吧……

那我去找麥克風好了……(打字)

玫怡找來了麥克風，雖没影像我們倒是順利对話了，不过和玫怡的第二輪測試中我發現了一个之前没有的問題，那就是従喇叭裡我聽得到我自己的声音傳过去又傳回來。

妳是不是開喇叭? 妳可能要改用耳机比較好嗯……

玫怡

耳机? 好吧……。不过，聽起來容易，做起來卻很麻煩，尤其，我已經被「無線」的東西搞得很煩了!

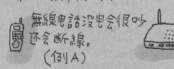

無線电話没电会很吵还会断線。(例A)　　無線上網傳訊器到現在还没搞好，弄得我和阿烈得一起崩潰。(例B)

所以我已經不太想再用任何無線的東西了，不过有線的耳机長度都不够，不够我従电腦連出來，戴在耳上还能坐在电腦前。

為了不看到那些电線，主机被我放在螢幕旁有門的櫃子裡，櫃子裡的牆还被我挖了个洞通电線!

嗨…我在這

我先是阿嬪上身，把兩付好好的耳机剪断接在一起，当発現任務又告失敗後，我只好在網路上找「超長」有線的耳机。

爆料!! 妳作家奢侈!生 二付被毀壞的耳机，被紙團包住，悄悄丟進垃圾筒。

垃圾筒

在網上尋找耳机同時，我又許純美上身，还買了个專門打火燈光的夾燈。(原本的灯要放在原來的位置上。——阿烈得也上身了!)

我像走火入魔的信徒，不但憑著毅力找到超長的有線耳机(單耳就是)，还買了灯，最後还買了滑軌，準備在我強光的身後架起一道擋光的滑动牆!
看!為了有深度的webcam，我連設計図都画好了!

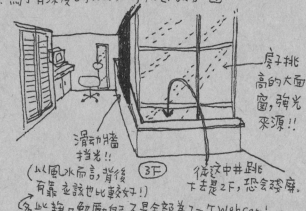

房子挑高的大面窗，強光來源!!

滑动牆 挡光!!

(以風水而言，背後有靠 定該也比較好!)

3F

従这中井跳下去是2F，恐会殘廃。

怎樣? 我就畫座山 有山來靠

多些藉口勉勵自己不是全部為了一个webcam!
好啦……我為一个小小的webcam大費周張，甚至自己做起木工來，但憑良心說吧!至今那个webcam也就只用过那麼一次，我每次都想星期五星期六早起，所以剛好可以在台灣家人收工上床前聊一聊，但我每週五、六都睡到中午才醒。Webcam，我当土地公拜吧!一个土地公有神奇的自功，能在西雅図開一扇窗，連接二片土地，讓我見到台北的家人……

大王再出巡。

＊ 西方人也很奇怪，比如說，在台灣我們都喜歡買又小又輕又薄的產品——如手机、手提電腦、數位相机等。手机和相机可能大家都还有共識，但我覺得手提電腦就不見得有了。

有許多人就会選擇用起來好用及功能好，穩定性佳的，他們不那麼在乎尺寸，甚至有些人寧願買大的，所以他可以有舒適的大螢幕！

而我現在的想法裡，手提電腦的穩定性真的是很重要，要不然再小再輕用一年就壞了，也是中看不中用，多浪費的。

好久沒爆我家大王的料了，因為自從使用了針灸按摩器，他脾氣真的好很多，都讓我很想寫一封感謝信去那家机器製造公司！

不過脾氣再好的大王也还是大王，氣魄还是不一樣，他被無線上網接收器搞得很煩，一直懷疑是他高貴的WT提电腦內建的wireless裝置壞了，他拿電腦去修給人檢查，提電腦的卻是我，電腦被斷定沒問題後，他逛街，提電腦的还是我！

我節儉的美德在阿烈得襯托下，直逼「阿惠」〈春麗日記簿主角之一〉等級。我以為自己這廂細細守護阿烈得的金庫，沒想到他那廂三十分鐘之內就決定花20多萬〈台幣〉買一台平面電視……

我覺得自己像白痴，一切看來束尤其一个会在短時間中決定花二十几萬的人，是不会在乎又在一台手提电腦的，所以我這寶貝地提著手提电腦的太太，不是沒見過大場面，就是門户不當的王子下人配对。

一直抱著老公的錢是他的錢的理念的我，從來也沒過問過阿烈得究竟有多少存款財產之類的，即使到現在，我也完全不清楚，只知道他不是那种喜欢買債過活的人，所以他的經濟究竟如何，說真的，对我來說是个謎。

一切看來，我都是以自己的小鼻子小眼睛來測度人家的深度。

電視是買了，不過裝電視上牆壁我們總算自己來。

＊做父母長輩的，總是很会為晚輩想。我以前不太告訴我媽我的狀況的，我怕她会和我好一樣覺得奇怪，我老公為何和我分得那麼清楚？她的女兒是不是很沒保障？

不过，有一次和我媽聊起此事，没想到我媽一點都不傳統，她認為我這樣做很對！她也支持我繼續如此，她也不会覺得我很「吃虧」，我真是覺得我媽太酷了！

其實，有信心的人，是不会指望別人來当你靠山的。有智慧的人，是会真心覺得錢卡享受或保障的。

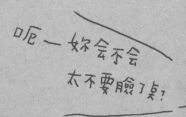

呃—妳会不会
太不要臉了臭！

我看緊微斗數的月朋友告訴我，我有有福不會享的傾向，要我不要想太多，盡量去享受。

別以為只要我開金口，阿烈得什麼都會買給我，大王知果是這樣就不叫大王了……

總之，情人節，我不但要好好享受那ㄅ電視，还要邀朋友一起共享，艾霸那台电视!!

＊電線还沒藏好，阿嬤休假去了。

＊不知原委的，我再簡單說一次好了。
一開始，我是打算台灣美國二地跑的，因為我無法捨下台灣.但，這麼做後，發現花費很兇，我的收入無法支付這樣的願望，同時，我也不想依賴老公的金援(坦白說他亦不想).在某次該回美時，我已經沒錢了，家人当時也都各有苦处，無法支援我.不过，我媽提起家裡有「逃難金塊」(以前，大家為隨時可能的戰亂準備的)，不过數量不多就是，但足夠買机票及很省的生活.我当時是当了金條來的！而且那次後，我就決定住美國而不再花錢來來去去了。

是夜未央。

先聲明,這一篇純粹只想寫西雅圖的開票夜狀況,而不是想傳達任何政治立場,所以兩黨,我以象棋中的(帥)和(將)代之,稱之為帥隊和將隊,不必試圖去猜想帥隊是誰,將隊又是誰。

我在西雅圖共有三个台灣朋友,開票前一星期,一位叫DANA的友人問我大家要不要一起看開票,雖然連我在內的四个人,我們都因故不能回台投票,不過關心大選卻是熱情不減!

哇!開票是半夜12時到天亮吧!大家可真有心!!

好哦哦!那就一起來我家看吧!反正我本來就打算看!

哎!選舉真的很為難,就算是一家人也不一定都支持同一个人,我這女主人考量也很多,雖然我其實可以接受各人有各人所愛,但!一起看開票,除非四人中帥隊和將隊的支持者平分秋色,要開打也公平,否則我實在不願搞得誰不愉快!民調後,四人中支持帥將的比例大約是3比1,搞得我遲々未敢向那小1發出邀請,雖然我和她交情不差,我個人也很欣賞她在美國的生活態度。

三回
太難了…

不過,再怎麼樣大家都是台灣人!!!最後我還是決定向她發出邀請,我想,如果到時情況不妙,我一定会努力撤開个人喜好,以「都是台灣人」為出發,力聲力大家和平相處!一起罵中共。

感 動

這樣啊?其實我有点生病了,不過我想常些景心去和大家打个招呼,然後回家休息…

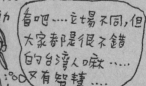

看吧……立場不同,但大家都是很不錯的台灣人嘛……又有智慧……

[redacted]

於是一切定案了，我們是ミ了純帥的加油团！
下午(當天)，我先是和DANA一起去華人超市採買宵夜點心和零食，做為我們熬夜加班之補給，回到家，我又立刻在客房鋪好床，以備不時之需，当然連舒適小毯子枕頭都準備充份。
七点左右，純帥加油团集合，先是和阿烈得這位男主人礼貌寒喧交際，並預告隨後可能会有的激動噪音，也不忘開始啃鴨翅、吃小菜、喝中國茶……
不知不覺选情開始転播了，才没多久，帥隊就輸了二萬多票。

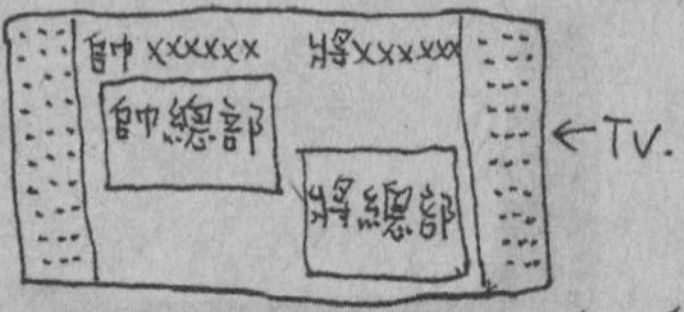

帥xxxxxx
將xxxxxx
帥總部
將總部
←TV.

Kate
……
Dana
不会吧？又要輸了？
拜託！才開始而已，不要变心太快……

◎西雅図転播開票只有一台，没法転來転去看別台情形。

中途，帥隊曾有一兩次短暫超前，每次我們才站起來跳舞吶喊，下一幕又被追上了！然後就一直是說將隊一路贏的局面，搞ミ得大夥士氣很低落。

啊！搞什麼!?原來我一直穿著(將)隊顏色的衣服！難怪会輸!!
啊！我也是吧！
迷信！
拜託……对自己的衣服也不必這樣吧？

我立刻衝到樓下換穿帥隊顏色的外套，並把將隊的衣服丟在地上踩！

我換上帥隊色外套後，果然，帥隊的票立刻衝上來，还超过將隊！

啊//什
啊
原來还没睡著……

樓下的阿烈得

Kate 和 Dana 立刻脫下她們的外套，要我提供帥隊色外套，我用猛獅的速度再度衝下樓，勉強找了顏色相近的兩件外套，再度回奔帥隊加油站！
此後，開票進入最高潮，帥將二隊

互有輸贏，那小小的差距簡直叫我們大家呼吸困難，心跳不整，三个女人尖叫連連……

說真的，还蠻羨慕的……
台灣人真有勁！
一个好國家……

楼上｜稍後……
喂！坐过去，帥隊坐那边，我們要往這坐！
kate
Dana
又來了…
突然很久要數不動時…

隨著一縣一市紛紛完成開票，就在最後，那叮結果終於出現了。

呵呵呵……誰輸誰贏，大家都知道了嘛
為了避免对立，我就不說誰是將誰是帥了，我只能說，
我們明三个女人都沒有很快樂，很累，卻沒解脫……

開票開得比我們預期的快，每次廣告時，Dana就要被我們唸一頓，因為她在西雅圖華人電視台工作，廣告当然都抽換成這裡的，配音大多數是她，重覆又重覆，我們都恨死她的声音了！

最後，大家都累了，Kate倒在沙發上第一个睡去，Dana倒在躺椅上也半睡半醒，我也差不多是那樣……

這是我第一次在海外看台灣選舉開票，海外台人多半还是很關心台灣狀況，這樣一个私人的看開票聚会，相信当晚在全美各地也有許多。

天亮了，但那一夜还沒結束，到現在都还沒結束，即使在我們海外台灣人的團体也都还沒結束，因為後來耳聞Dana說，他們電視台也接到無數抗議電話，指責為何不播轉某色的頻道，台灣人都瘋了。

我無法对帥隊或將隊說什何話，再怎麼希望大家自己人不要破裂，那一夜因為还沒結束，誰也聽不進誰說話，因為都表態了，對立更是明確。

我想我只能祈禱，「明天」快些到來，大家都不要再憤怒、心痛。

＊挪威國旗
＊位於:北歐。
＊首都:OSLO 奧斯陸。
＊語言:挪威語。

冰島 挪威 瑞典 芬蘭 俄 大英 丹麥 德 法國 義大利

挪威其實是很有意思的國家.六七月時,過了挪威北角的地方,甚至可以體驗到永晝的滋味.可惜我還沒去過,很希望有朝一日能夠一遊.

愛琳要來了。

在這週末,挪威的大王妹妹就要來西雅圖了,快樂之餘,我其實有更多緊張。

相公!!
你可不可以十天都不要去上班?
太扯了! 妳克制一下好不好?

我和大王妹愛琳不是不認識,事實上我还參加了她的婚礼,去過她家兩次,妹婿还在挪威某家出版社工作,算來还和我的職業有交集。不過,我實在沒自信当一个女主人,大部份時間獨力招待一对挪威親友!

女王~
好女主人? 放心,她会自己当主人...
也对吧愛琳不是含蓄的人。

愛琳與其說是个妹妹,还不如說她才是妳姊,至於阿烈得?他是大王,他們的家庭裡没有老二這排名。愛琳也是个很愛乱跑的射手人馬,自從她結婚後,整天聽說她今天去了新加坡,明天又去了西班牙,連現在懷双胞胎在身,她也没含蓄多少,以「拜訪家人」溫和之名,做跨越大西洋的美國之旅之實,我对她的精神其實很敬佩,要是我是孕婦,我恐怕除了廁所和床,哪兒也不想去。

話說愛琳,她的婚礼值得一說。

說愛琳嫁入豪門恐怕不為過,她的先生「紛」的父母在挪威是做海運的,在奧斯陸靠水的地区有一楝辦公楼,最頂層則是一个以「航海」為主題設計的私人俱樂部,

平日那隙裡都是大老闆們私人交際的場所，不过在他們結婚那天，用來做為宴客場地。

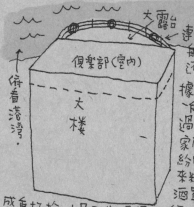

大露台 → 連欄杆都是船上的欄杆，还加救生圈。

俱樂部（室內）

大樓

↑俯看著海灣．

✕ 大樓看出去的景觀。

據說，挪威人在婚礼一般也是有宴客的，不过大都是西式自助餐或家庭聚会式的，愛琳和給的婚礼可是請了名厨來料理，有固定的菜單，酒單，出席的親友也是个个盛重打扮，十足正式，弄得大王很拘僅很不舒服…

貝才大氣粗！累死人…坐啊！

那隙高級的沙發我不敢亂坐 …

←这是我

还有你後面有一架監視攝影机…

面对高貴上流的親家，我和阿烈得都很有束縛感，不过，同是射手的愛琳可不一樣，她大膽享受一切，該吃的，該喝的，該跳舞的，她一樣也沒少

✕ 教堂，婚礼開始。

做，也從沒忘記寒暄賓客，招呼我們，很有小女主人的架式。

在教堂門口，双方父母及新人合照，左边是阿烈得父母，右边是男女父母，可見給这頭的正式多了。

✕ 宴客時。

挪威人既然也有宴客，那他們收不收礼金呢？據我了解，一般都是送礼物的，沒人在包現金，只有阿烈得這种不愛逛街購物的懶漢以支票代替礼物，不过這絕对不是常態！

哇！我哥哥幫我出了半棟公寓的價錢！哇～～♥

太好了！

我必須解釋一下，在北歐，有許多家庭夫妻經濟是分得很清楚的，也就是說，男方絕大多數預期自己的太太也要平均分擔家中一切開銷，包括買房子等等。在那种情況下，阿烈得並非对此对新人出手大方，而是只為了自己的妹妹。

在挪威，甚至上一輩和下一輩也分得很清楚，因此紛的工作和家庭企業無關，而阿烈得八九十歲的老奶奶至今堅持獨居！

奶奶

我要一个人住啊啊！一个人住比較自由！！

告訴那些常來探視的社工人員，我絕对有能力獨居！！

絕对絶对不是寡氣

阿烈得曾告訴我，他覺得挪威人心胸很狹窄，我想，或許原因就是他們分得很清楚吧？

連双人床、棉被都要一人一條了…

我不知道這事在台灣人的接受度有多高，不过对我倒是相安無事。可能，我也心胸蠻蠻狹的？

寫著寫著，对於愛琳和紛來說，突然也就沒那麼緊張了，可能我上一輩子是挪威人，我最会「分得很清楚」了，应該不会有事。

不过还是要打掃…

下回見

下回見

上：奶奶和阿烈得。

下：奶奶獨居處，也是大王生長的地方。

相聚時刻

沒想到阿烈和我也有貧窮相逼的一刻,而且还是在客人到臨之時!

嗄!我的卡刷爆了,因為一連整修了兩台車,共花了十个萬元 →台幣

妳呢?有沒有錢?

完了!!因為AOL事件,我已經取消了一張卡!!

另一張不能預借現金……

所以,我們竟然和愛琳及紛借錢!!!

有沒搞錯!我們是客人吧…

沒問題,我去領錢…

(松鼠缺糧了)

阿烈得倒是很自在,拿了錢轉手就買了不是很重要的啤酒,我也好不到哪裡去,提了一包花生。看起來真是十足地沒誠意,好像二个惡房東變相要租金……

不過這一陣子以來,我睡得可真是好,每天都戰戰兢兢地迎賓,直到就寢時間。还好,愛琳和紛這趟主要是來買嬰兒用品的,所以下午的時間我一般都还算自由,拚命趕工作,以求其它時間可以隨伺在側。

各位!告訴你們,挪威人真是太不會擺架子了,他們在一起都說英文,好讓我也能懂,我至今还沒聽到他們在說挪威語!太善良了……

我曾說过,我是一个很差的主人,因為我從來不知該如何和人社交,也不太會逼迫自己說些無意義的甜話,但我這主人差到什麼程度呢?

請你們絕對不要用美國線上(AOL)上網服務,除非你想自找麻煩.

我今天被AOL弄到崩潰.

還記得我曾在交換日記提起,我一時貪圖贈品,使用號稱一個月免費的AOL撥接服務吧?這件事是兩年前的事了,我一直以為我除了沒有被免費到,還多繳了一個月的錢,但事實是更糟,我一直繳到我的那張信用卡到期換新卡!!!而我不知道.

會發現這件事情原來沒有結束,是因為我昨天收到逾期未繳費通知,並警告我要盡快解決,我莫名其妙,因為我老早就按程序中止服務了,結果他們根本裝做不知道,也沒把你取消,還推說電腦理的資料就是沒顯示你有取消.我想起DANA也有這個慘痛經驗(交換日記亦提過),就打電話問她,她也是按規定程序取消,結果也沒被取消,對方也推說是電腦沒這紀錄.不過她比我幸運,因為她用的是美國的信用卡,所以她都有檢查帳單,我用的是台灣的信用卡,家人在台灣從我銀行帳戶領錢去繳費,我也沒看到帳單,所以不知道對方竟一直在收費,直到我那張信用卡換新卡了,他們收不到錢才寄通知給我,我才發現這件事原來沒有結束!實在太可惡啦!!!

所以,不論你人在美國或將來會來美國,你一定會一天到晚收到AOL的免費上網包,請你一定不要用,因為你絕對會付出比需要付錢更多的代價,今天阿烈得打去和對方吵,對方竟然連用四個人來輪流和你吵,吵到你精疲力竭,還想套我新卡資料,我累了,自認倒楣,不過希望我們的慘痛教訓能挽救一些還未用的人,記住,是AOL, america online .

✻ 愛琳很喜歡動物，即使她懷孕要生寶寶了，她也仍不放棄養貓。

有一天她提議去西雅圖動物園，所以，我們就去了。

說起來，西雅圖的動物園真是做得很棒，進去園裡走了十幾分鐘还看不到动物！而且很多動物他們不用籠子的，設計人員利用 <u>自然環境再加上人工造景，隔出了人与動物的安全距離</u>，取代使用籠子。

↓

比如做出一條河或一个山谷。

我看了以後也是覺得很棒，莫怪乎事前愛琳大大讚美這个動物園，还說它很有人性！

更加為難的，在那美人和台灣人是3比1的情況下，我每天都吃「客人煮的」晚餐，沒有一次我這女人敢自告奮勇地說要煮晚餐，当然，絕不是我自貶中國菜的價值，而是我自己实在不是高明的廚師！至於阿烈得大廚，如果大家每天都等他回來煮，恐怕早就餓我昏了。还有一點不得不說，我真是個十足傳統保守的東方女人，我事实上常々躲著客人……

已經嫁給外國人3年了，我至今还是很保守含蓄，不但我自己在外人面前做不出親密舉動，連看見別人親密恩愛我也会不知所措，自己躲起來。（唉！）

然後我还很笨，我一点都不了解外國人喜欢晒太陽的習慣，老是自認体貼地把百葉窗都拉下……

→笨蛋在楼下遙控遮陽电动窗。

陽光可能太強了……

所以說，我实在不是个好主人，如果什麽事都別做，可能还更好一些。

其實,我一直在想,我可能很任性又一直太自由了,從小,我的父母就沒有強迫過我要表現得宜,甚至面對自己的親戚,阿姨、姑姑等,如果我在那裡彆扭著澀,問不出好,大家也都說是諒解地放過我,我是个話很少的小孩,所以大人強迫我說話,他們也不忍心,因為除了不愛說話以外,我也不算是个有問題的孩子。也因此,現在長大後,我還是話很少,坦白說,現在每天早上大家彼此說「good morning」都还嚇到我,突然間,「good morning」这麼正常的事都被我忘了!

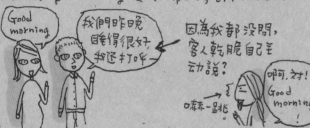

Good morning

我們昨晚睡得很好,我还打呼~

因為我都沒問,客人乾脆自己主動說?

哪,对!Good morning!

嚇一跳

愛琳和紛比我想像中更好相處,愛琳其實也很隨便,不拘小節,紛比較客氣有礼,總會試圖說些有趣的事,弄些話題,至於我,我也很坦率接受自己就是这樣了,必要時,我也都會主動告訴別人我已經習慣成自然,請大家不要介意。

好…要改……不過讓我來摸索胡一下焦點吧!有一晚阿烈得建議大家看一部片子「DUEL」,事實上不是建議,是命令,因為是怪片一部,愛琳立刻就哀嚎了…

对吧?如果做不到改过,到少要做到坦率,承認自己的壞樣子……

不对呀屋,妳太妻,恩,妳自己了…要改!來遠方的姊々

DUEL不錯看?

我哥從小就这樣,有一次他破例允許我組頑皮豹,那一次我高興得都快哭出來,那一片我連看三次……

我哪有那樣!

我懂!!我懂!!他就是这樣!!

紛和愛琳还在我家時,有一晚大王推荐看一部片—ITALIAN JOB,愛琳說累,先去睡了,因為她是孕婦嘛!大王也不敢說什麼。於是留下大王、我、紛,三人在客廳看這片。

我还記得,我只看了開始沒多,(撞車之後)就睡著了,直到我醒來,片子已經要結束了,又是一輛車快要掉到崖下。

紛和愛琳回挪威後,大王沒忘記我沒完成的義大利工作,某晚又約我再看一次,這次我比較好,多看了好几分鐘,仍然沒忘記醒來看結局,而且這次結局看得更完整。

大王仍然清楚記得我睡著了,又隔一陣子,他还再提一次我做不完的義大利JOB,我爭辯我看完了(我真的不記得我第二次又睡去),但大王就是要我再看一次。

OK…我看完了,也承認我第二次的確有睡著,不过,对於大王怎樣也要我看完ITALIAN JOB,我覺得很無奈。

聽說,我的出生讓在那个年代裡,一心求子的媽々多少有点遺憾。第二胎,又是个千金,还長得更醜……

妳小時候,長得可怪了,一頭頭髮往上衝,很長了还不掉下來,大家看到妳都覺得妳很可憐……

不过仔爸々倒是因為妳比較不討人喜愛而比較疼妳……

不过妳倒是很乖,不太会吵……

什麼嘛!? 同情我喔? 難怪我半張嬰兒照也没!

是的,因為有一个太会哭鬧不好帶的千金大小姐在前,家人都忍決定盡量不理我」,以免我也變得予取予求不好帶,不过聽說我也很識相,除了該吃該拉,倒是自小獨立。

爸爸对我付出的还不只這个,我雖然只是安靜地吃喝拉睡,不过據說我对品質自小有要求……

老公!她不喝我的奶

搞什麼?給老子喝這种奶? 吐

那好子吧……我戒煙給她買牛奶吧

貧窮夫妻

自此,爸々為了我的伙食費戒了煙,人自此也胖了,這对愛美的父親而言,可是很大的犧牲,因為

他才是家中那个出門要花三小時準備換衣服的人,不是媽媽。

厚!你爸々不知有多愛美,有一次我硬要他帶我們去陽明山公園,很不甘心去的他,还是出門前鏡子照了又照,頭髮梳了又梳……

那結果很好笑,聽說我家千金大小姐当時因為沿路塞車,在公車上哭鬧不休,吵到我爸不好意思再留在車上,於是下車。下車後爸々沿路攔車,攔到一輛外國人的車,讓母親和姊々搭他們便車再上山,他

不知道他是怎麼和外國人溝通的?)然後他自己又攔了一輛
摩拖車搭上山和家人會合。
好不容易一家人都到公園入口處了,猜怎麼樣?

好了!
回家吧!
不然太晚
又要塞車了!

累死人了…

什麼
!?

你瘋了嗎?

公園入口

(註:我當時還沒出生。)

嘖
好像阿
烈得喔…

總之,發福後的父親,開始愈來愈像黑道大哥,不要說鄰居
們看了會怕,連我自己都覺得父親很有威嚴。

妳在做什麼
!?

同…同學
打電話問
我功課…

那妳幹麻突
然掛下斷?

我…我不
知道

我不知道我為什麼
一聽到老爸聲音就
很害怕,不過,請不
必覺得我很失禮,
突然掛斷同學
的電話,因為,在電
話另一頭,事後證

明同學也是嚇得同時掛了電話,雖然,並不是所有的同學
都見過我父親,不過,爸爸就是爸爸,光靠聲音也能遠近馳名。
大家都知道,我有一個很兇的爸爸,見過的人更證實這個傳說,
所以從小,我們家三個小孩,和父親的話都不多。並不是父
親不能溫柔待我們,事實上也許是他不會。爸爸在他五六歲
時就一直活在「父不詳,母發瘋」的背景裡,從小,他就得
自立更生,還要照顧一個更小的妹妹。

如果我說,爸爸一生中都沒法快樂,也並不誇張,絕不誇張。
如果我說,我有今日的日子過,都是上一代血與淚句恨換來
的,也是實情。

在那個時代,我姑媽,爸爸的妹妹,就是爸爸唯一的親人,是
爸爸的全世界。在那個背景,上中學受教育,是一項昂貴的奢求。
在爸爸入伍當兵時,他的全世界毀滅了,唯一的妹妹被騙
去賣身,我想,像父親這樣的男人,恨之中有恨,淚可以覺得
看不到世界,只有狂奔的血通過心房,一次又一次割著、燙著。

白手成家,血流成河。
那種恨,有了生活;那種恩,做為一個哥哥,用一輩子的快樂來還。
這麼痛苦,卻還實活下去,爸爸不是沒有原諒,只是他原諒了天,
沒原諒自己。

據說,我还是家中三个小孩裡,最敢和父親吵的。在父親还住家裡期間,家規甚嚴,連姊姊那种小時候甚兇的大小姐,要去參加校際歌唱比賽,都被視為要踏入黑暗的演藝圈而被阻止,在家連哭三天。

我也不差,為了投筆從我和父親僵持不下。

你在軍中待不下去,別想我會贖你回來!

笑死人!生活這麼沒規律还想当兵!

不必你贖!我也不会說要回來!

最好你都沒錢贖我,好,然了我意

雖然最後是我自己視力根本不合格,不过我和父親的抗爭沒停过,包括約会回家時間也硬是從九點半被我才幼到士点。甚至到更大時,我和父親的「戰爭」已經從言語變成眼神。

……

七一 我是黑道大哥,你抽煙!?

眼語

我是半屏山小姐了,怎樣?

要抽不要在床上抽!

我也有过这种年代

好。

脾氣

從媽媽口中得知,父親也不知為什麼,对我做的任何決定很少有意見,倒是比較交掛心女乐姊和弟弟的未來。我一直自动

相信,那是因為父親相信我頑固中,还有些解決問題的能力和明瞻識,我可以抗得过他,也是他疼我的方式。

父親生前,最好的朋友是故鄉的一位小胖叔叔,他常和小胖叔叔說起他一生中難过的故事,甚至曾玩笑提及要小胖叔叔幫他寫成一本書。

爸爸知道我寫書,卻不曾对我提过。

近一年了,爸爸的忌日要到了,三言兩語,我說不盡爸爸的一生。但我想為他寫些什麼。讓苦痛退色,留下笑和淚。和爸爸一起完成這篇文章,但改寫悲傷的結局,因為爸爸有我,我是他人生的一部份,我还要抗他。一个不是悲劇的結局。

微風吹動。

爸久,我們都很好,你好嗎?好好待在那裡安享無憂喔!

別想我会贖你回來……

生活臭滴。

為妻的心声。

土旦白說，阿烈得没駕照（过期）那段時間还比較好，因為他怕被警察攔下看駕照，所以總是很規舉地開車（看！你也是做得到的嘛！）

有時甚至很有耐心很礼讓別人，真是个好駕駛。可惜，自從他拿到新駕照後，反而開始違規，他才不怕那些超速罰單呢！他只討厭警察找他麻煩，尤其是當他有藉口給別人時。

因此，我的心声是，永遠不要發給這个人駕照，這樣他才反而会做模範生。

來美國正式住了三年了，我終於拿到早該辦好的社会安全卡！（大家都說這是像我們身份證之類的東西，不过我實在看不出哪裡像了！因為就算不是公民也可辦。）我之所以人会辦，是因為大王阿烈得報税可因撫養無業的我而減税，如果不是如此，就算没有卡，我也不覺得生活哪裡有不同。

不过我們夫妻倆还可真是懶到極致，我住了三年才總算去辦社会安全卡，阿烈得則是駕照过期了兩年，終於去更新了。

說到駕照，我才更覺得它像身份證呢，因為一般机構要機承你的身份，通常要求出示駕照，駕照在美國使用之廣泛，讓我更覺得它很重要，而且，當初為了得到它，我可是流下了羞愧的眼淚呢！

喂...

不要開這麼快吧？

現在我有駕照了！是該回復到收超速罰單之時了？

← 奇怪的邏輯。

妳懂什麼？這海來我為了不讓警察攔我下來 看駕照，開得有多小心呵呵....

連筆試都过不了.... 我一定是世界最笨的人.....（妙）

化石就是......

註：事後證明並不是，連英文比我好的另一位台灣人，都考了三、四次才过，筆試很難...

我要反駁！是中文版翻譯很差好不好！？

不过路考，倒是很容易，只不过監考我的人差点要.....

＊坦白說,這監考官大概是放我水。
因為他和我説他太太也是東方人(香港),而且開車技術也不太好…
言下之意,好像是説:好吧!在美國反正就是得開車嘛!我可以理解妳也是得生活,就給妳駕照吧!何況妳也是來自亞洲,總得看在我太太的份上…

啊呵!謝啦!不論如何……

在被監考官埋怨了一陣後,我還是通過路考就是。

在這裡生活習慣了,也就覺得沒什麼不便,不過,多虧有了網路,我可以遙控在台灣的事物……

所以,看,我連出租房子都不必回台,只要不怕麻煩我的家人就可。至於我的經濟情況我現在也都能自己掌控了,所有的帳户在網上也都可以隨時查帳,連報税都可上網自解決!

我對這裡的生活，已經漸漸習慣，昔日的懶散態度也回來了，若說我有什麼不滿，那就是「務農的生活」，總覺得每週末都不得不整理庭院。

註：表示心情放鬆了。

上星期，為了整出土地栽種草莓，（沒錯吧！？我已經過著務農的日子了！！）拔除地上四處蔓延的藤蔓，我弄得快發瘋，最後還是阿烈得教我使用「工具」，我才知道奧妙⋯⋯

做夢都沒想到將來美國用這種工具。

要像這樣把根挖出，藤蔓才容易拔下⋯

了解

天啊！天啊！！不久的將來我就要自己種稻米了吧！？

搞不好還可回銷台灣！！⋯⋯

是鋤頭沒錯吧？我當天在那裡劃地劃了一整天，完全沒有實在感，覺得自己像在做夢，做一個苦力的夢⋯⋯

嗚⋯我一定要吃到草莓⋯⋯

親愛的家鄉朋友，我在美國的生活⋯很優質，學到很多，養魚種果，將來應該也有自給自足的一天，請不必為我擔心。
P.S.阿榮如果不再需要鐵牛運功散，倒是可以寄給我一些⋯⋯

草莓。

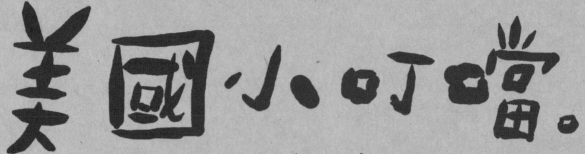

美國小叮噹。

* 就順便來説説美國人好笑之處吧！

* 有一回阿烈得竟然看到有一家超商的招牌是：incovenient store（不便利商店）實在有夠「老實」的！

* 还有一家餐廳貼出徵人告示：
誠徵顧客
無經驗可。內洽。

* 还有一些咖啡站常常優惠減價，每天会掛出不同告示，例如「有帶蘋果的人」便宜五毛。有一天，我看到的是——「秃頭的人」…哈！

我很喜欢看美國的商品廣告，很多東西都無聊得很有趣，好像美國人都不知怎麽的，很閒，或很懶。例如，有一个廣告經常看到：

啊!有東西!
嘩
掃描
一边散步一边尋找埋在地下的宝藏!!

我本來第一次看到時，还大声爆笑了出來!誰会那麽閒去散那麽多的步，可能只找到一毛錢或什麽的!?

直到我親眼看到有人使用，我才知道真的世界上什麽人都有!!

找 找 呆

还有一些東西實在也很不明所以：漂亮枕!!一可消除皺紋

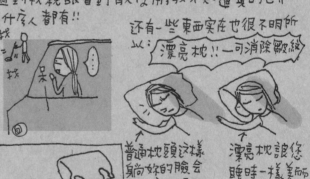

此此爽处有凹槽洞

漂亮枕
三格平底金锅

普通枕頭这樣睡尚妳的臉会被摟出大量皺紋!

漂亮枕讓您睡時一樣美麗!!

誰説家庭主婦不能三頭六臂!?

炒菜 煎蛋 炸香腸 同時做!

没錯

為配一時心動着想。

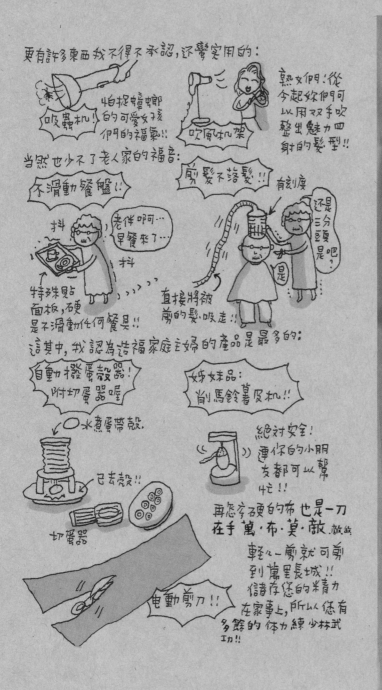

更有許多東西我不得不承認,还蠻實用的:

吸蟲机!! 怕捉蟑螂的可愛女孩們的福音!!

吹風机架 熟女們:從今起你們可以用双手吹整出魅力四射的髮型!!

当然也少不了老人家的福音:

不滑動餐盤!!
抖 抖 老伴啊…早餐來了…
特殊貼面板,硬是不滑動任何餐具!!

剪髮不落髮!! 有刻度 还是三分頭是吧? 是
直接將被剪的髮吸走!!

這其中,我認為造福家庭主婦的產品是最多的:

自動撥蛋殼器! 附切蛋器喔
水煮蛋帶殼. 已去殼!! 切蛋器

好姊妹品: 削馬鈴薯皮机!!
絕対安全!連你的小朋友都可以幫忙!!

再怎麽硬的布也是一刀在手萬·布·莫·敵 敵敵
輕々一剪就可剪到萬里長城!! 儲存您的米青力在家事上,所以您有多餘的体力練少林武工!!
電動剪刀!!

長髮芭比。

※有一天我还看到一个奇景.

有一壯男放了一个芭比娃娃在車子前面,這还没什麼,当他車子在路上奔馳時,他的芭比的金色長髮也隨風嫵媚地波動…

更好笑的是,他的芭比是裸体的!而且,还在他車子的「天線」上做著鋼管女郎的姿勢.

純情小北鼻

阿輝拍來的!

※ Bebe! 別埋了!
這种工作不勞妳玉手啊!

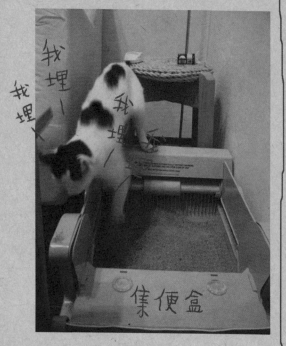

最近,我看到一項產品則是佩服不已!!

雖然阿烈得尖趣軟軟,不過我瘦是对該產品心動到極嗳,想到有小孩的家庭的女主人有多疲累,我就覺得这項發明簡直可以得獎!!

對於那些在電視上看到的五花八門商品,坦白說,我也是有行動過,除了去年幫愛貓北鼻買过一ケ自動清貓沙便盒之外,我还買過「吸痘机」…

至於大王阿烈得,他也是有他的心頭好的: 水平線光線机

找出水平線,投射出光線在牆上,掛一百幅画一直線都沒問題!!

不過,他还沒行動就是。

神選旅程。

10-12小時的飛行,我現在真的覺得很短了.
比起從台灣到歐洲,或從台灣到美東,或從美國到歐洲,10-12小時真的算很值得欣慰了!
所以,每次阿烈得要去看小孩,我都覺得我寧願回台灣,至少飛行時間短很多...

台北到西雅圖其實不遠,10至12个小時的飛行而已,而且除了長榮之外,聽說華航也有直飛了。換言之,像我這麼好睡的人,在飛机上吃完飯再睡一覺,就到目的地了。

至於我一向視為畏途的入境手續,如今也很快了,甚至比美國公民还快......

- 特殊案例通關   ■ 訪客通關処   • 公民通關処

← 隊伍。

因為我每次在訪客通關櫃台一定会被送到這裡,所以現在都直接到此報到,沒什么人排隊,而我又總是「文件齊備」,所以速度很快。

該留档的影像及指紋都老早就完成了;入境要有的文件我視如生命,絕对不会有差錯。

所以了,台美往返其實並不怎么累,反而是西雅圖的机場「總要等二次行李」這件事讓我很不耐煩!

＊通關後下樓等行李＊

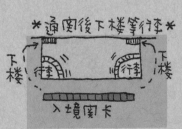

下樓   行李   行李   下樓

入境關卡

領了行李之後,过了關稅檢查口,赫然又出現一條輸送帶,机場人員会再度要求你將行李放上輸送帶,然後你会帶著茫然的心,走向一个只有小地鉄的死角...

我如果會失眠,通常都是因為心裡記掛著困擾我的某事.但這個某事倒不一定是很嚴重的.正確來說,反而都是可以解決的那種不怎麼嚴重的事.---所以才會一直想著.如果是很嚴重的,我反而會告訴自己"想了也沒用"而輕易睡去.但就是那種可以解決的,我就會不停地想著怎樣去解決它,或一直想要趕快去解決它,而睡不著.所以,真正傷心難過,無法解決的人生難關,是不會影響我的睡眠的.

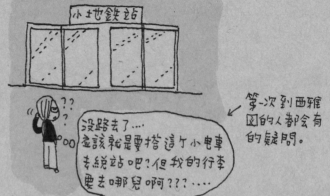

記得數年前,覺得香港的朋友來台灣玩就像搭么車一樣便捷,尋常;如今我也覺得西雅圖到台北若少了出入境手續,其實也又像搭夜車一樣,睡一醒,就是另一ヶ地方了。
這ヶ世界愈來愈便利,也就愈來愈小。

容我感性地說,我的單位是一ヶ地球,不是三大洋五大洲,不是兩ヶ不同的國家,我还在地球,我離家不遠……

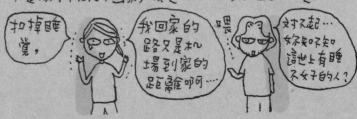

我不喜欢從家到中正机場這一段,不过我卻每次都很享受台北到西雅图的那一天,因為,那一天我通常都有「一天39小時」的特別待遇!我会有二个下午。

2004年5月3日下午3:00在台北:

吃好館,我要上路了

好!自己小心了

母→

同樣
2004年5月3日下午3:00
在西雅图:

我有2个下午

是啊

PUB

同一天下午,我既在台北,又在西雅图,這种浪漫總讓我覺得特別。尤其一天可以打破24小時的限制和絕对,我会覺得自己是一个穿越時空的逃兵……

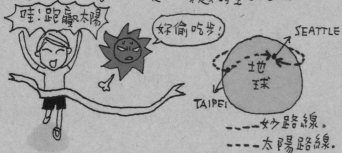

哇!跑贏太陽

好偷吃步!

SEATTLE

地球

TAIPEI

-----妙路線。
-----太陽路線。

向上帝多要一点時間,其实,並不是神話。台北到西雅图,如果是我必走的人生路,我想,我已經能開始感到幸運了……

神選

所以我自覺我的系統其實很簡單.
要說我是笨蛋也可以,因為"系統"總是會輕易告訴我 "嘿!這無法解決喔" 然後我就會"喔!算了…"
但如果我是很聰明的人,當一有問題進入腦裡,我就無法可以那麼立即去斷定這是"可以"或"不可以"解決的事, 然後我就會一直想著, 我的"電腦"就會一直跑著,直到發燒,混亂…

來當大美女。

很久了,我很想為一些女人洗刷誤解很久了⋯⋯
很多時候,我們常看見外國人身边的東方女生,覺得
她們長得既不美麗,又不特別,為什麼会和老外在一起?
是不是因為她們本身太过媚外?太过討好老外,太
倒貼太⋯⋯???

其实這裡面可能有一些誤解⋯⋯

當然,我不是
說所有老外
都有這种審
美观,不过,
相当多数的
人真的对「可
愛型」的東方
人沒什麼感覺,
反而成熟媚
媚型的可能
多少还可以有

一些共識,或,妳不須長得美,只要看起來健康活潑有
自信,就算妳皮膚黑而且沒晒勻,都及格了!比「消」美
女还及格!不必費心美白。

我對自己的樣子有許多不滿,比如顴骨太凸,臉太方,
腿不夠直⋯⋯

總之,我的「美白」努力全被阿烈得斥為「毀容」行動,平常我要塗甸個乳液也要背著他偷偷摸摸地抹,还不可以搞太久以免被发現……

我就該救救我的毛孔和凹洞吧!你給我住嘴!!!
Don't "but" me!!
可—可是……

是的,我的臉由於長久缺乏適当保養,毛孔已經開始粗大,單純的擦娜已不夠解決了,為此,我買了二瓶「果酸」保養品,其中一瓶还帶有防晒功能,期待自己毛孔回縮,也不要繼續變黑,從此進入皮膚保衛戰。

我要去找我的黑美人...
去啊! 去非洲 快一点
新欢 妮傲XX

我其實也不是个多勤快的女人,那就是之所以我对保養品的要求總是步驟愈少愈好,瓶數愈少愈佳。

果酸這東西有某一點很違抗我的懶,那就是要盡量避免日晒。否則就要加防晒來使用。總之,我不辭辛勞地用了一个多星期,果然老天也沒辜負我的認真,我沒用過果酸產品的皮膚恢復得神速,不能説毛孔全消失了,不过好多是恢復到我認得自己的模樣!

除此之外,我还強迫自己喝牛奶,吃水果,也剪去那吋長的頭髮,(我的頭髮有特異功能,長得實在太快了,之前都要到腰部了!) 終於,我變整齊了!

禪風格的背景.
乾乾淨淨就是美……
才怪!

我自己本人還是存有"一白遮三醜"的觀念,也不是很了解爲何有些外國女人要把自己曬出許多斑來?(雖然膚色是有"健康"了,但是斑也因此增了不少!)

大王也是逮到機會就想曬出健康顏色,不過他們也很可憐,返白返得很快,除非你一直持續著曬。
看來大家各有苦處。

我並不是說東方人和西方人沒有不同.
應該說"不同"本來就是事實.只是這種不同可以用健康的心態去看待,而不必一有問題就歸咎於"不同種",然後去引發優劣之爭.

是啦！我和阿烈得奇怪地不能苟同彼此對美的標準，說得更精確一些，我認為西方人的帥哥美女倒是沒差他太多，不過他認為東方人的美女倒是和我差很多！

太好了……原來上帝要女人美，不是去整形改變自己，而是去找到會認為你很美的人……

[全智嫂] [圈會]

話又說回來，究竟什麼是美的標準呢？不去說安慰人心的外在美比內在美，光說外在美這种虛浮的事就好，還真的是青菜蘿蔔各有所愛呢！究竟我們自己認為美麗的東方女星有多少人在外國人眼裡也可「同等級」苟同的？雖然，我覺得外國人裡，確實也有很多人對東方人有不正確、甚至很沒常識的 誤解：

你們東方人不是老了就會自然捲了？

我沒見過直髮的歐巴桑…

你們自然捲真好了，我以前最希望自己有自然捲了…

那不是自然捲啦！那是燙出來的！！

歐！老天！感謝神！我以為你們老了就會捲！天啊！太棒了！妳絕對不能去燙！我超愛直髮！！！！！

所以……怎麼說呢？美，是不是到頭來還是自己覺得美就是美？不管啦！從今天起我就是要做大美女了！！！就算我在亞洲只是平凡的路人E！！

其實不管東方西方，是人都喜歡別人喜歡你，都高興別人稱讚你美麗好看.

審美觀說起來也是很主觀的,不見得A說你美,B也會贊同.這在全球各地都一樣.

重點是,被人認為好看,被人接受認可,誰都會因此高興.至於自己到底美不美,誰能說呢?有標準嗎?用哪一國哪一族的標準?

總之,自己認為美的,不要小氣說出來讓別人開心.從不認為自己美的,也不要太看低自己了,不要自己讓自己不開心...

呀阿！法蘭西斯

不知是不是星座運勢的原因，最近我和阿烈得都同樣遇上破財及小麻煩的困擾。

首先是阿烈得的車無故固障在微軟員工停車場，怎麼樣都發不動！

太扯了!! 我一個半月前才花了一4多美金進廠維修——

為阿我不是「黑手」之感嘆.

人車皆中風

那也就罷了，進了同一家維修廠，又是一次精彩的八佰多帳單，氣得阿烈得怒罵對方搶錢，至今仍然沒有興趣去付款贖車……

車領回了，是九佰多，加了稅之後，唇一

至於我，也是很心力交瘁，除了為老公的荷包心疼，也為自己的財庫破裂及惹上的麻煩而蠟燭兩頭燒。

因為520了嘛！不是總統就職而已，也是我的結婚三週年慶典，本主婦好不容易精打細算，在EBAY找到市價一半且全新的一台很可愛的義大利濃縮咖啡机！打算做為禮物，誰知，我和這台咖啡机的八字有多麼不合！兩次到手，卻兩次又飛了，簡直要和「龍心與忠狗」同等級地感傷。

※ 請核对…

Francis Francis!

FRANCIS FRANCIS

Never stop being a child

小女孩被我画成老女人，可見我內心多滄桑!!

真實之全貌!!

＊打從有了它，我們每天都用它來「做」咖啡，結果有一天懶惰，換回使用原本操作簡易的咖啡机，做完後才喝一口就覺得難以再入口了。有比較之下，現在真的覺得普通咖啡很難喝。

第一次是我順利地標下該机器了，三佰多元雖也不少，想到它竟才市価的一半，我付錢付得像火箭般地快狠準，卻，倒霉地遇上天底下最守規則的賣家，他退我的錢的速度也毫不遜色，像舉世聞名的協和號客机。只因為我的寄送地址和信用卡的billing地址不符（那是当然，我还在用台灣發的卡），該賣家於是取消了交易……

我也算是忠貞了，「法蘭西斯自從進入我腦海，我怎樣也想不出更好的替代方案，最後还是狠下心，在亞馬遜網站買下它了，為了讓自己平衡要多付錢的不甘心，我还選了一个市面上少有的顏色，來做無意義的安慰。終於奶油色的法蘭西斯來了，不愛我的她，还激烈地折斷一隻手給我看！

更扯的是，盒子裡面竟然有一封前買主的信！說明她為何要退貨！真是罕見的買蛋糕送蟑螂實例。所以，無論時間再怎麼來攻破

這種破損是我想睜一隻眼、閉一隻眼都沒辦法啊～～

↑根本不能上下按．

準備別的礼物，無論我多不想找麻煩，我除了淚眼送別奶油法蘭西斯，實在也沒第二个方法了。亞馬遜網站如果真的如此糟，也不可能生存這麼久，我在沒有打電話的情況下，只上網傳了一封伊妹兒，隔天UPS就來帶走奶油号了。只是一大筆金額已經入帳了，我雖相信亞馬遜会全額退錢給我，卻礙於作業程序可能要到下个月才收得到退款，已經很可觀的帳單，迫於520的到來，还是

又添了一筆法蘭西斯不鏽鋼号！当然，這回我是直接去一家高貴得有名的商店買的，寄送已經來不及了。

木魚．

咚！

5月份使用卡帳單

空

遠方的母親　祝您平安、快樂！

這几天，我也陸陸續續在奇X買了一些東西，這回因為總是幫我匯款的女牧师家裡有些事，於是我只好不知恥地麻煩經紀人……

女少：
150元含郵，你是買了什麼東西這麼便宜？……

你不知道台灣有多好嗎？…咚

有的，每次想到10元（約三佰多台幣）在美國也買不到什麼東西，我就不能忘情回台購物，為了這理，要無恥地麻煩誰都行，我真是受多句了這裡的花大錢卻又不保證品質的消費水平，同時也總是很遺憾，為什麼自己不会当水电工、汽車修護工、園丁、木工……

你的車要付八佰多，都比台北西雅圖來回机票貴了。

我敢説，你若頂出机票錢，我有会修車的朋友一定很願意來。

別説了，再讓我想起我就想殺人……

✳ 我算是一个蛮「容易」的顧客，因為基本上我很懶得退貨，如果我不小心買到瑕疵品，要是狀況是我自己可以修補的，我通常都会算了，自己修一修还是会用，也不太在意。要是我不会修，但金額不高的，我常々也是自認倒霉。但金額高我又不会修的，我就会很「心有不甘」(因為實在太麻煩了)地去辦退貨。

亞馬遜果然在次月退款了，但我上个月的帳單實在是，連我自己都想敲木魚…

抹片檢查。

不知道是不是有人也和我一樣誇張,三十多好几歲了,第一次做子宮頸抹片檢查。

其實,我想做婦科檢查很久了,除了想確定身体状.我也想好好根除那每月一痛的煩惱,要不然,至少也希望每月是痛得安心的,而不是老懷疑自己有毛病。

終於,那一天來臨了,進軍坎城之前,我还是得先進行抹片檢查。还好,我以前

我不太會辨認別國人說的英語腔調,但這問題也不是只有在英文才有.
我以前數學很差,因為我的數學老師,是個說話帶著濃重家鄉口音的人,她是個好老師,但她上課時,大約十句我只聽得懂半句,聽課變成非常之困難,因此,我數學就有聽沒有懂.後來乾脆連試著去聽也不試了.但說真的,我知道那個老師很好的...是我自己的問題.

就向大家介紹過醫院的基本樣子,所以這裡可以省了很多功夫.我被帶入个看診間,護士先來量体溫、血壓、問些基本事項等等,阿烈得因為連看人打針都会暈眩,所以他這次堅持在外等候,讓我一个去面對"學無止盡"的英文会話.(誰知抹片是怎樣的?)

因為該護士看起來像墨西哥一帶的人,說英文也是帶著某种腔調,坦白說,我完全不是很肯定我們俩到底在对話些什麼,更不確定自己給了正確的訊息資料……。

最後她從櫃子裡拿出病患衣,外加一片毯子大小的軟紙,叫我更衣就走出去了。

天啊……我是該把內褲也脫下還是怎樣,那紙毯子是舖在床椅上還是圍在身上?????……

最後我決定信賴 (自然) (常識)。我脫了內褲,並將紙毯蓋在腹部。

才剛換好衣服,醫生就進來了,医生又追加了許多問題,例如我有無使用任何藥物,有沒有生病,有沒有什麼感冒之類的……聽起來並沒有一項和婦科疾病搭上一點關係,突然間,我懷疑她並不知道我今天要來幹嘛。

如果她以為我是來看感冒的,那沒穿內褲的我豈不是看起來很變態?……

那个……医生,妳知道我今天是來檢查什麼的嗎?

子宮頸檢查對吧?放心!我只是要確認妳現在並無其它不適……

處變不驚。

正常的我应該会很羞愧的,這樣疑心一个医生,簡直沒常識到極点,不过,那天我是生平第一次將生殖器官曝露在外人面前,一切的尷尬早就非常滿額了,也不差多加一項。

終於到了那一刻,我被要求身尚下,双腿分開置在架上……

可能有一点 pushing 的感覺,不过不要緊的…

天呀呵……我要把腿很張開一些嗎?

还是這樣就夠了……

其實是這樣的,那個病人坐的"床椅"有舖一層紙在表面(經常性的,每次去醫院都有看到).所以,我不認為我還得自己再舖一層…

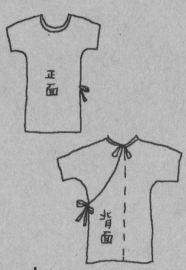

正面

背面

* 病患衣

我有沒有太無聊了點還介紹這個?

終於採樣完成了，據說，还採得相当完美。医生也不讓我有喘息的机会，立刻又進行了角屬 診，她戴著手套的手指伸入我的陰道，另一隻却沒閉著，在腹部好几处压了又压。

好了了，妳看起來很健康…

醫生，可是我每个月月經來都很痛，我想知道……

我以為，我应該会被建議做其它深入檢查的，沒想到医生竟然回答我:『每个人身体状況不一樣，有些人不痛不癢，有些人就是会痛，但那很正常，不代表你有什麼毛病。』

是這樣嗎?

如果妳很痛我可以開一些止痛药給妳，妳每个月按時吃……

妳不会是慾求不滿吧…?

在我的常識裡，這該「痛」就是一种警訊吧，怎麼西医這麼隨便?

被我數度懷疑的医生終於也受不了了，但又不能勉強編出一个「妳就是有病」的滿意答案給我，最後只和我説讓我们等檢查結果出來，若我还有什麼疑慮再安排其它檢查……

怎麼這麼快?

好吧……坎城之夢可能太遙遠了，还是讓我健康平安吧! 也提醒婦女朋友們別忘了做檢查，一真都很可怕的。

个雜誌

對啊，6分鐘護一生呀，要多久?

喔,坦白說,我是因為不正常出血才去做抹片的...結果報告出來沒事.
(今天收到的)
沒檢查之前,我一直告訴自己,不要亂猜,不要自己在那兒迷信嚇自己...但是!我畢竟是人啊!說真的,我都想過了,要是真的得子宮頸癌該怎麼辦,我該如何保持平常心面對...等等,我都想過了.雖知想像和真實還是有差距,但我盡力去"準備".

從決定去檢查至今這段期間,我還數次因為別的小事和阿烈得吵架,有一次,我還甚至說出"我都要得癌症了,你還想怎樣?"這種話來!想想,實在有夠好笑的! → 真正的坎城參展作在此!

驕傲的人父。

以前,我最怕朋友拿著他家孩子的照片給我看,並滔滔不絕地說著孩子經.尤其,如果小孩明明不可愛,他又要展現得像瞎子時,甚至,要我認同"可愛的孩子"時,我就會受不了.心想下次還是不要和他出來好了...

但,我變了!人真的是會隨著年齡改變心境的.當然,不是說我現在愛孩子愛得不得了,我只是能接受"小孩子是可愛的"這回事,也對天下為人父母的,感到敬佩.

阿烈的兒子要生日了,(双胞胎还生在双子座,他們也真厲害!)所以他最近非常積極物色礼物.

兒子們漸漸懂事了,我希望他們可以明白,我真的很愛他們……雖然我不能到……

好!我也會幫你想一想的!

來得

所有的礼物,大概都没有親手做的東西更能表達情感了吧?所以阿烈得在看了一本居家庭院裡的自建兒童遊樂設施的書後,父愛大發,想要幫他們蓋个户外園地,最重要的,是做一扇這樣的門:

嘭
咽
好感人啊……

方向盤開關。
※請參考萬里尋父的情緒…
托比和我说,他想快長大,快学英文和開車,他……想和我一樣
有生过和没生过就是有差!

所以,我們就展開萬里尋方向盤之旅,走訪了數家「汽車墳場」……

我真的是很後悔沒帶相機!那天去的汽車墳場,真的很驚人,我一點都不覺得無聊,甚至還想:要是我懂汽車構造和原理就好了,我一定要自己來拼裝一台自己想要的車,天下唯一的一輛!很巧的!隔天我們去一家中餐館吃飯,竟看到外頭停車場停了一輛很獨特的復古型的車子.正當我們在那兒繞來繞去,看了又看時,裡面一個美國人走出來,他說:不錯吧!我的朋友自己找零件和舊車殘殼拼裝的!當場,我真是太羨慕了!

懂車結構的人真好!

唉!太驚人啦!

完了!!

滿坑滿谷的死屍。

來這的人都自備拆車備配!

我沒帶工具來!

您亇忘了帶相機!

＊專業父親和業餘母親就是有差!!
因為什亇都沒準備,我們最後只好空手而回,徒留滿腔愁悵……
時間又往前推進了,專業父親眼看也來不及DIY了,決定將此計劃延後,這次先買別的礼物。
所以我們又去Discovery商店逛……

父の愛

我的孩子們,他們喜欢鄰居的直昇机玩具啊!!!

＊建議＊还是配上「阿信」的音樂好了……。

那…那就這亇吧!

但是這是給八歲以上的兒童!!!

有…有差嗎?

果然是没生过。

終於,我們还是空手而回……適齡的玩具,阿烈得嫌「太笨」,他过關的玩具又都超齡,唉!父母果然不好当!什亇都没買,原來是思量如此深!

昨天我不小心又問起他兒子的禮物的進度，
聽說阿烈得決定買相机。

我兒子,喜欢拍照啊—

←父の光輝

苦思之後。

你还好吧…？

你…

為人父母的心,庵該只有当上父母的人才最了解,
不僅我這麼認為,阿烈得也常常這麼告訴我,
我雖没有求子求到迫切,不过也有時感到
遺憾,那种衝突的累和美同時在你臉上
顯現,那种驕傲,我至今还無法体会。
結果,稍晚阿烈得竟恭禧我当媽媽了,因
為,我們的池塘有了魚BABY了!

看哪呵!!
妳也是个
媽r了!!

我没有想当
媽,想得那
麼瘋好不好!?

魚又不
是我生
的…

拜託!
別用那
种慈愛
的眼光
看著我!

大抖

你別太驕傲了!……給我差不多一鲑!!

＊
我家大魚生小魚了!!!
是阿烈得發現的.當他來喚我
去看時,我以爲他眼花了,把
水中的乾枯小落葉看成是魚.
但是後來我也看到了,真的一
條小魚寶寶!才約三公分長而
已,現在還看不出是誰的孩
子.(不過肯定不是我的!)
看來池塘狀況不錯,魚兒們也
開始繁殖了,值得高興.

＊会有這种狀況的人,大
概对自己為人父母感到
很驕傲吧?所以他們
会同情你是没分到糖果
的那一个,会覺得給你一
桌甜是种安慰吧!
我知道你好心,可是拜
託別嚇我了,我愛寵物
,也安於寵物相陪ok?

滴衰不正

水珠項鍊。

我記得不久前看了一篇報導,有一个人用紙做了各式各樣的机器人,因此被人注意到。而他会開始用紙摺製机器人的動机也很簡單,因為他喜欢机器人,而童年時並無能力消費,於是用紙自己DIY來創作。而現在,他不僅因此出了名,他还打算用自己的這些紙机器人來做動画。

我覺得自己DIY的動机也是一樣的,很多時候,我看見喜欢的東西,不見得都能獲得。這,說來也很正常,畢竟,在我們的人生中,不能隨心所欲,十之八九。有些人或許就這樣抱憾而活,有些人,会努力完成自己的夢。

DIY與其說是創作,不如說是完成自己的夢。我一向喜欢自己動手做東西,不是我手藝好,也無閞天份,只是我不喜欢放棄自己想要的東西。我覺得自己的「心理健康」不來自無欲,也不來自「自己動手做」,而是來自自我的滿足和实現。我永遠樂意一試。

去年,偶然的机会裡我看到一位法國女藝術家做的一條「水滴」項鍊,很少对首飾心動的我,卻对那項鍊心動了,總之原因我無緣見購買,最後,我決定自己來DIY一條!

- 透明釣魚線── 頭圍×2 +3吋長
- 無色圓扁珠── 直徑 1~1.2 cm
  　　　　　　　　0.6~0.8 cm 　} 各少許。
  　　　　　　　　0.3~0.5 cm
- 剪刀。

做法：

① 在魚線打死結，結的大小
　　可剛好將珠子卡在中央。
　　（可重覆打，直到結的
　　大小剛好合適。）

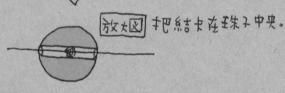

→推

放大圖 把結卡在珠子中央。

② 依此方法，選擇自己喜欢的 珠珠間距及大小
　分佈，逐一將珠子固定在魚線上。

③ 最後一顆珠子 先穿入線裡 再打結（和其它珠
　之順序相反）。　　　　　打完結後，再推回蓋住
　　　　　　　　　　　　結，如此便完全了！

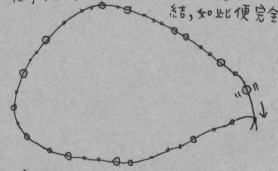

※ 這條項鍊可以長長一條戴在脖子上，亦可繞
　兩圈來戴。

大孩子的積木

还記得小時候玩的積木嗎?我們大部份都曾經用自己的方法,用一塊塊不同形狀的木頭,蓋出自己想要的城堡或車子...

多久你没玩積木了?為什麼?如果我告訴你,現在有一种大人的積木遊戲,並且,任何你蓋的東西都可以真正拿來使用,你会不会想試一試?会不会想玩一玩?

二年前,我曾經為了找吧柏椅,在 EBAY 看到一个 PVC 水管拼裝而成的椅子,当時,只覺得那个桌子很有趣,未曾更深思(因為我要找的是符合家裡風格的吧柏椅,而不是「創意十足」卻格格不入的椅子。)然後,這一陣子我才發現,PVC 水管不只被人用來做吧柏椅而已,很多人用自己的方法,更組合了桌子、灯架、櫃子等各式各樣的東西,而且都十分特別!

而如果你仔細觀察,你会發現,水管和各式接頭、轉角,其實離不開几个基本形狀:

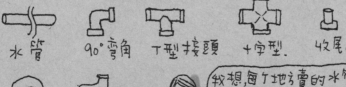

水管　　90°彎角　　T型接頭　　十字型.　　收尾。

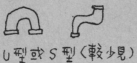

L型或S型(較少見)

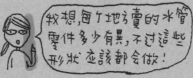

我想,每个地方賣的水管零件多少有異,不过這些形狀应該都会做!

好啦! 如果你有兴趣,你也可以開始架構自己的「家具」啦! 這裡,示範一个較基本的小椅子。同時建議,当你準備去買材料前,先畫出自己的設計图,這樣你会更清楚自己復要的「形狀」及各自數量。

材料及工具:

- 水管(長度取決你設定的大小).
- 90°彎角 × 4个
- 丁型 × 10个 } 注意尺寸要符 水管圓直徑。
- 收尾 × 4个

- 鋸子(切割水管用)
- 木板一塊。
- 椅墊一个。

做法:

① 如形狀組合在一起.

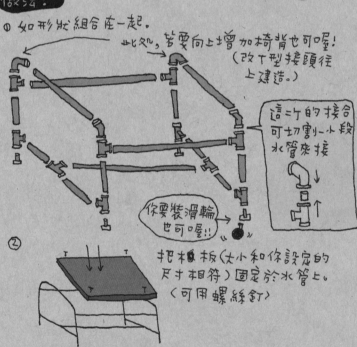

此处,若要向上增加椅背也可喔!
(改丁型接頭往上建造。)

這二个的接合可切割一小段水管來接

你要裝滑輪也可喔!!

② 把木板(大小和你設定的尺才相符)固定於水管上。(可用螺絲釘)

③ 將坐墊放於木板上!(完成!!)

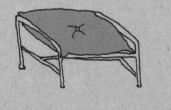

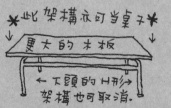

★此架構成的当桌子★
更大的木板
← 下頭的 H形 →
架構也可取消.

撿垃圾。

DIY另一个好處是，資源回收、廢物利用！我經常廢物利用並不是我多環保或多節省，而是我覺得「廢物拼裝」也是一种特殊風格，很多時候，我甚至認為那樣很美！很藝術！而且，由於它是廢物再生的，那种藝術你不会捨不得用！

我常覺得生活上可利用的廢物很多，只是大部份時間，我們都懶得去想。我們甚至都覺得DIY很難，自己做不到，也做不美。其實，DIY並不是都講求技術的，很多東西，尤其是拼裝藝術，根本不需求完美的手藝，破破爛爛的，越是粗糙的，可能就越有「味道」。所以我一向覺得這一領域是最易上手入門的，而且，它其實有更高的藝術價值。

這裡，我介紹兩款非常簡易製作的筆記本，電話本，坦白說，我做這二樣東西不到半个小時就完成了，真的值得試一試！

材料及工具：

◎ 筆記本：
- 廢紙箱的紙板二片
- 門的轉折五金（小的）
- 白紙一疊
- 細鐵絲一小段。

◎ 電話本：
- 方形的罐頭拉片×2
- 白紙一長條
- 黑色橡皮圈或鬆緊帶
- 強力膠
- 釘書机

作法：

◎筆記本：

①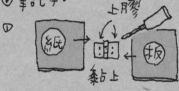

上膠 → 黏上

② 用針或尖銳物对準五金洞口穿洞。

③ 一疊白紙亦穿洞於相同位置。

④ 用小鐵絲（或線亦可）將白紙固定在內部。

←打結後剪掉多餘長度。

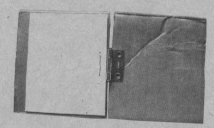

◎電話本：

① 金龜頭垃片小心整平，並將其中一的垃環細心取下

→金

② 一長條白紙◎依方形垃片大小摺數摺。前後二面貼於

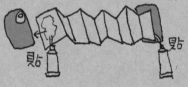

貼　貼

二个垃片上。

③ 橡皮筋（粗）或鬆緊帶穿过垃環並用釘書机固定二端。

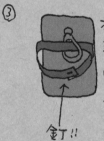

釘‼

④完成

←鬆緊帶往後套.固定二片垃片及中間的紙。

開一扇窗.

我喜欢电影裡 DOWN BY LAW 中
的某个囚犯,他用粉筆在牆上
画出門或窗。

其实,在我們一般人的生活
裡,誰不渴望一个「出口」呢?
有時,我們被生活折磨得很
累,打開窗透口氣,卻看到窗
外的空氣更髒、景色更乱,彷
彿,我們永遠也找不到更好的生活,看不到有什多目標
值得喘口氣而再努力。只是習慣地每天繼續,明天同一
時間再上演。

以前有一个小故事,有一个髒乱的人偶然桌上擺了一朵花,
因為覺得花是那樣美丽,於是他終於打起精神收拾
了桌子。收拾了桌子之後,他又發現其它地方和那个有花的
桌子不配,於是又打掃了房子,如此、如此,最後他連自己
的內心都打掃好了,生活於是再度復活。

一朵花而已。只要一朵花就可以使人生再度復活,如果你願
意,為自己開一扇窗又有什麼好損失的?
不必你搬家、不必你打牆,只要你选一个自己喜欢的風景
圖片,放進你的「窗」。

材料及工具：

- 相框一个（大小自行決定）
- 小木條數根（或木片）→ 厚度最好是相框「C」處的一半厚。
- 美工刀
- 月膠

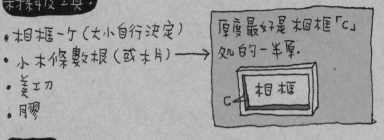
相框

作法：

① 先用美工刀裁一段尺寸合適的「窗台」，黏於相框上。

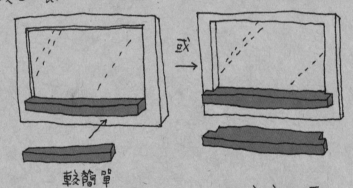

或

較簡單

② 再裁數片木片如下，一一黏上。

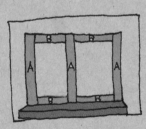

③ 再增右扇窗片之厚度。

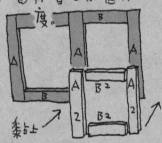

黏上

④ 完成‼可隨自己喜好上木頭框之顏色。

大家快樂

想看張妙如更多更新的文章
請鎖定蕃薯藤網站/HERCAFE女人/
名家talk
http://hercafe.yam.com/

常常裝少女。

休帕?

厚ㄚ一

哞ㄟ

NO PROBLEM !

不甘心····

有 多

大喜欢

花現。

南部陳

要我去搶···

安 全

上 上 吉

滴 衰 症

大家快樂

國家圖書館出版品預行編目資料

西雅圖妙記／
張妙如 圖・文・攝影.－－
初版.－－臺北市：大塊文化，2004【民93】
面； 公分.－－(catch；76)

ISBN 986-7600-67-3（平裝）

855

台北市105南京東路四段25號11樓

廣 告 回 信
台灣北區郵政管理局登記證
北台字第10227號

大塊文化出版股份有限公司　收

地址：＿＿＿＿市／縣＿＿＿＿鄉／鎮／市／區＿＿＿＿＿路／街＿＿＿＿段＿＿＿巷

弄＿＿＿＿號＿＿＿＿樓

姓名：

編號：CA076	書名：西雅圖妙記

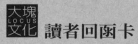
讀者回函卡

謝謝您購買這本書，為了加強對您的服務，請您詳細填寫本卡各欄，寄回大塊出版 (免附回郵) 即可不定期收到本公司最新的出版資訊，並享受我們提供的各種優待。

姓名：＿＿＿＿＿＿＿＿＿＿＿＿**身分證字號：**＿＿＿＿＿＿＿＿＿＿＿＿

住址：＿＿＿＿＿＿＿＿＿＿＿＿＿＿＿＿＿＿＿＿＿＿＿＿＿＿

聯絡電話：(O)＿＿＿＿＿＿＿＿＿＿＿＿(H)

出生日期：＿＿＿＿年＿＿＿月＿＿＿日

學歷：1.□高中及高中以下　2.□專科與大學　3.□研究所以上

職業：1.□學生　2.□資訊業　3.□工　4.□商　5.□服務業　6.□軍警公教
7.□自由業及專業　8.□其他

從何處得知本書：1.□逛書店　2.□報紙廣告　3.□雜誌廣告　4.□新聞報導
5.□親友介紹　6.□公車廣告　7.□廣播節目8.□書訊　9.□廣告信函
10.□其他

您購買過我們那些系列的書：
1.□Touch系列　2.□Mark系列　3.□Smile系列　4.□Catch系列
5.□幾米系列　6.□from系列　7.□to系列5.　□tone系列

閱讀嗜好：
1.□財經　2.□企管　3.□心理　4.□勵志　5.□社會人文　6.□自然科學
7.□傳記　8.□音樂藝術　9.□文學　10.□保健　11.□漫畫　12.□其他

對我們的建議：＿＿＿＿＿＿＿＿＿＿＿＿＿＿＿＿＿＿＿＿＿＿＿
＿＿＿＿＿＿＿＿＿＿＿＿＿＿＿＿＿＿＿＿＿＿＿＿＿＿＿＿＿＿
＿＿＿＿＿＿＿＿＿＿＿＿＿＿＿＿＿＿＿＿＿＿＿＿＿＿＿＿＿＿

MY LIFE IN SEATTLE
MIAO-JU CHANG

西雅圖妙記。張妙如。

一年之計在於春‧一生之計在於妙